神州吟

李家庆 著

人民出版社

序言

李白的豪气，文天祥的正气，加上屈原问天的哭泣，结合产生了李家庆诗集的独特风格。

李家庆，时代的奇才，集粒子物理学和天文学、军事、中华医学博学、哲学、文学、珠宝、考古等知识于一身，是我本人在新千年前走遍中国三十三个省五百座城市千余县，所见过千万人士当中的独特奇绝人物。

无论从想象力、情感之丰富、再到使用典故和比喻，这部诗集要求读者必须放下现代社会的杂音，全心投入地倾听此高尚宇宙之音。

李家庆先生是一位勤勉而高产的诗人，他的诗中蕴含了独特的科学经验、哲学语言、神学圣文、美学美感等，创造了一部独特的诗集。我相信广大读者一定会发现和珍惜这一『无价之宝』。

在当今社会，中国几乎已丢掉神州神性文明，正在醒悟复兴且保护古代神圣文明，李家庆先生的诗集将提供宝贵的学习模本。

李家庆先生的诗篇已有几万首不止。这位不为中国读者所熟悉且『隐藏』的非凡诗人，是具有老子所描述的『古之善为士者，微妙玄通，深不可识』这样特征，是位低调的隐士。有幸跟他生活在同一时代且与他相识相知的我，努力了十年以上才勉强同意让我们出版他的精神财富分享给当代读者和未来人类。

此书是读者能首次有幸阅读、学习和收藏的一部当代古体诗的杰作。中国古文学专家及爱好者，不久将有机会收藏李家庆先生的一系列不同主题诗集，如下一部即将出版的『隐言诗经』等。

华　赞

Farzam Kamalabadi

（未来趋势国际集团总裁，美籍伊朗人，国际知名人士，热爱中国文化，精通波斯文、中文、英文等几国语言和多门中国地方方言，擅长波斯文、英文及阿拉伯文诗词和文学创作）

目录

感怀篇

目录

目录

目　录

山河篇

感怀篇

神·州·吟

岁华

少小离乡常想家，东西浪迹走天涯。
长空雁阵飞南北，沼池孤雁独戏沙。
绕树山花三五朵，秋霜摧落一枝葩。
虽然身在逍遥处，切莫辜负好年华。

感怀（一）

佯狂浪迹又数年，深知佛祖住西天。
直钩香饵蟠溪钓，越王难回范蠡船。
身似鸿毛忧负国，曾比不周欲支天。
自古忠贞皆痴迷，留得丹心青史边。

感怀（二）

何事吟沉寂萧然，精妙梁父吟读完。
顿悟不做非非想，行迹莫呈睽睽前。
瘦虎如柴雄心在，君子安贫志未残。
人生多是坎坷路，一壶浊酒天地宽。

感怀（三）

年年中秋今又逢，岁岁登高感慨同。
月明银汉添灵气，日暖雪山玉图空。
春回茂苑花含露，秋到疏林乌啼风。
天涯倦游心独苦，孤魂长忆松辽东！

感怀①（四）

紫气东来牛走西，白马驮经度痴迷。
身在闹市求精进，华赞启蒙巴哈伊。
世界大同弘正教，顿悟妙理化群机。
海湾灵寝舍利骨，昭示万法必归一。

注：①此诗写于2002年，结识好友华赞10余年。

感怀（五）

荣辱无需展胸襟，孑然身世任浮沉。
北漂拾荒心忧国，载舟覆舟是民心。
归去归来我夙愿，余生还做闲散人。
红日明月怀中抱，众生再听我抚琴。

感怀（六）

昨夜白发九丈长，今日红尘帝王乡。
宝剑因匣锋全敛，瑶琴无弦曲不扬。
带露折花东床冷，迎风饥餐西天凉。
不做耐带附势客，赤脚光头未是狂。

感怀（七）

镜中白发九千丈，闲云野鹤红尘乡。
匣藏宝剑锋芒敛，抚琴无弦曲尽忘。
懒雨浇日人初倦，结缘羲皇卧榻凉。
贪眠不知趋炎客，却向梦幻做癫狂。

感事（一）

身世沉浮雨打萍，已知天命逝年轻。
欲伸不展囹圄里，狂风吹伴叹息声。
归去归来因何事，红尘欲罢还未能。
行尸走肉度岁月，面对时光总欠情。

感事（二）

艰难苦恨一念坚，历尽磨难两鬓斑。
别乡屈指九万里，浪迹天涯三十年。
前生本是佛家子，今世飘零又续缘。
沿途叫花钵当鼓，贫僧日日不得闲。

感事（三）

象国佛家地，旅游在异乡。
夏令刚刚去，秋风又登场。
人生虽苦短，炎天白日长。
湄公河中水，为谁洗愁肠？
王宫几易主，都披嫁衣裳。

对月答台

南北绝无汉二京，肉血相连一脉承。
天安门上一轮月，岂敢海峡两处明！

秦川偶感

鲲鹏九天空展翅，秦川八百西风里。
幽燕常有雕鹞飞，尽是奸贼欺布衣。
悲哀怨愁原何事，有才无财陋室居。
举步可有登楼意，扬眉不见上天梯。

吊古（一）

吴王瑞为霸业筑，诸暨西子倾城处。
娇媚捧心妆出侈，金龙凤液玉承露。
翠红香袖舞江山，丝烩银鱼游珍珠。
忘国楼台弦歌远，而今萧草啼鹧鸪。

吊古（二）

慢弹瑶琴山水歌，知音送耳古无多。
华发萧疏灯寂寥，阅史前贤皆坎坷。
马周斗酒独自饮，壮士乡问醉颜酡。
解甲山庄空挂剑，谗言误国思廉颇。

吊古（三）

仕途虚门官微禄，愁里东北望越吴。
梦境茫茫四海客，魂魄荡荡游五湖。
汨罗江上问屈原，大夫投身为鬼泉。
唯有时光最平衡，消失尽是旧人物。

易水怀古

诸侯干戈因地生，干将莫邪匣中鸣。
燕丹不谋强邦策，除暴偏专徒亡命。
秦宫图穷五步血，易水失碧千里冰。
怀古咏史悲歌远，可怜无处送荆卿。

冷夜怀古

入夜庭院走精灵，草木萧条霜露腥。
项羽碧血专诸骨，断头犹能为鬼雄。
范蠡亦有狗烹惧，鸟尽韩信不识弓。
大风歌罢转苍凉，留住枫叶取次红。

忆南昌

洪都至今留胜迹，登楼无可赋才思。
文章难续王勃后，书案抛笔复一击。
几多兴废匆匆客，残碑数年伴断壁。
云横雨帘重寻访，雾恋赣江不知去！

夜吟有感

伶仃通宵难入梦，孤雁南来北巢空。
明日别过寒江水，不知何日度春风。
天因无情难降雨，地为有恨苗不生。
虚度年华心破碎，愧见前人痛泪涌。

神舟

天宇逐鹿壮国威，神舟凌空历殊伟。
虎啸常思犬欺日，列强焚园尚余灰。
摄政垂帘犹分土，桑叶划鸡痛可追。
睡狮宫阙几移主，龙腾东方动风雷。

杂感警世（一）

瘟神降临设牢笼，隔离始见官昏庸。
百亿经费不治本，落入谁家口袋中？
佞臣摇唇欺上下，电视鼓舌胡乱评。
群魔乱舞鬼当道，大肚能容脸气青！

杂感警世（二）

剑未出鞘已断情，抽刀断水又何用。
竭泽而渔寻常事，弄潮扶旗任西东。
世人洁身当自爱，莫与秦桧奸贼同。
但愿秋雷也惊蛰，无巢号寒啼严冬。

遨游太空

宇宙已在开垦中，太空顷刻驱雷霆。
青牛西去化千万，紫气东来大道通。
亘古广寒长寂寞，如今盟证登火星。
须臾穿梭太阳系，银河扬帆任通行。

赞开国老将军杜义德

银发苍苍胆气豪，九十高龄不服老。
铁臂能开穿云箭，弯弓仍能射大雕。
虎目圆睁英雄气，高举骨头欲斩蛟。
笔走龙蛇行涂墨，惹得儿童拍手笑！

注：杜义德（1912—2009年），男，汉族，湖北省武汉市黄陂区人，1928年加入中国共产主义青年团，1930年3月转为中国共产党党员，1955年被授予中将军衔，1988年被中央军委授予中国人民解放军一级红星功勋荣誉章。

沉痛悼念周培源教授

1993年11月25日

无限伤心泪纷纷，乾坤哭泣不忍闻。
科学泰斗驾鹤去，巨星陨落化星云。
九十一年强国梦，一代宗师民族魂。
天幕低垂人痛悼，八宝山前日昏昏。

痛悼著名地质科学家程裕淇先生

2002年1月2日于美国洛杉矶

噩耗传来兮不忍听，一代宗师兮驾鹤行。
科学巨匠兮长辞世，灵前悼念兮梦难成。
万水千山兮留足迹，阴阳两隔兮路不通。
凭栏恸哭兮泪如雨，捶胸顿足兮忆音容。

悼开国上将张爱萍①

2003年7月13日

八宝山前哭张公，九天英灵羽化龙。
骁勇善战奇功建，开国元勋儒将风。
知兵挥手爆两弹，吟诗谈笑升一星。
那堪辞世人痛悼，五星国旗映日红。

注：①张爱萍（1910—2003年），四川省达县人。中国共产党的优秀党员，久经考验的忠诚的共产主义战士，无产阶级革命家、军事家，现代国防

科技建设的领导人之一，1955 年被授予上将军衔，荣获一级八一勋章、一级独立自由勋章、一级解放勋章。1988 年被授予一级红星功勋荣誉章。新中国成立后张爱萍曾就任华东军区参谋长、国务院副总理等要职。2003 年 7 月 5 日，张爱萍病逝于北京。

悼杨成武将军①

2004年2月22日

开国名将古无多，当年杀气满山河。
万里长征血洗甲，百战先锋奏凯歌。
忠骨凛然撑天地，丰碑自有后人刻。
泪雨倾盆捶胸意，痛悼玉宇巨星落。

注：①杨成武（1914—2004年），福建省长汀人。中国人民解放军高级将领。1929年加入闽西红军，1930年加入中国共产党，曾任八路军第115师独

立团团长，冀中军区司令员等职，参加过平津、太原战役，1951 年参加抗美援朝。1955 年被授予上将军衔，获一级八一勋章、一级独立自由勋章、一级解放勋章。杨成武还担任过中共第八届中央候补委员，第十一、第十二届中央委员，第六届全国政协副主席。2004 年 2 月 14 日在北京逝世。

悼邓六金①

2003年7月23日

剪纸招魂祭英灵，痛悼革命老园丁。
天地屋脊旧时日，延河提水栽种松。
保育至今看山林，参天大树皆成龙。
谁说巾帼长辞世，实是操劳入梦中。

注：①邓六金（1911—2003年），女，福建省上杭县旧县乡新坊村人。1932年加入中国共产党。1934年参加中国工农红军，是中央主力红军中参

加过长征的27位女红军战士之一。2003年7月
16日因病在北京逝世。

沉痛悼念开国上将洪学智将军①

2006年11月21日

（一）

两膺上将古无多，昨夜长空巨星落。
长征百战艰难日，援朝功高保家国。

（二）

开天辟地老元勋，文武双全管后勤。
心中强国强军梦，青史光辉照后人！

（三）

痛泪如雨泪不收，悼词无尽话哽喉。
天路茫茫驾鹤去，脚踏莲花向灵鹫！

注：①洪学智（1913—2006年），安徽省金寨县人。曾任中国人民解放军总后勤部部长、全国政协副主席。他于1955年9月、1988年9月先后两次被授予上将军衔，是解放军中也是世界上唯一一位两次被授予上将军衔的将军，故有人称其为『六星上将』。

成都清明

为开国上将贺炳炎、姜平扫墓

2007年4月11日

蓉城扫墓恰及期，农耕正与春耘宜。
磨盘山头涟涟泪，与天同哭共一时。
飒飒凉湿云障静，点点甘露禾田滋。
痛彻肝胆长依念，告慰人心是雨师。

端午悼屈原

汨罗江兮屈子魂，飘不定兮孤沉吟。
人世间兮如混厕，无日月兮无星辰。
独行士兮其何望，日渐染兮丧屈君。
逢端午兮天地暗，悼忠魂兮思古今。
安所达兮欲申展，有所载兮远逝人。
思比干兮心耿耿，念子胥兮头悬门。
想吕望兮曾穷困，看武穆兮莫须辰。
吾本是兮沧海粟，嚼粽叶兮酒一樽。

八一建军节怀念贺龙元帅

2012年8月1日

吃水莫忘挖井人，南昌起义铸军魂。
不是贺龙枪声响，哪有今天国色新？
艰苦卓绝经百战，英魂至今护水云。
铁骨铮铮唾奸佞，青史永垂大功勋！

答友人

身如飘絮若许年，心猿意马梦幻焉。
正愁无力寄山水，岂知兴逸已偶然。
汝今已在书山顶，化做白雪怨春晚。
深情浓似松柏树，不尽绿荫罩幽燕。

自叹

大海未枯石空烂，物换星移愁无限。
枕剩衾寒不知处，眉头紧锁仰天叹。
鱼雁沈沈信不通，长夜漫漫何时旦。
这般潦倒强入梦，对镜羞观两鬓斑。

怒闻美日签署联合公报有感

2005年3月6日

美日结盟费沉吟，韩战南京屠犹新。
可怜无处埋忠骨，且做东篱养菊人！

麦田偶感

身做麦田剑为芒，收获时节撒金黄。
自将饱粒怜麻雀，似佛慈心被啄伤。
即将空壳重整理，更写新词添华章。
神清气爽觉悟后，那知人间有青霜。

致林景裕兄①

来去自由不言愁，似佛方寸随潮流。
中州无缘飞金鸟，草山有幸跃龙游。
难得糊涂唯对酒，鼾声如雷震倒楼。
天降兄才堪大用，包藏宇宙细运筹。

注：①林景裕，是作者台湾的朋友。

寄友人

台湾海峡淡云流，燕山短笛绕酒楼。
周公化蝶终成梦，数年漂泊始知忧。
风寒汪洋鱼龙夜，雪满长天大雕愁。
由来腊梅暗香度，林公又驾木兰舟！

治沙有感

百感苍凉仍有思，蚍蜉撼树①唯自知。
万顷沙漠当埋我，一瓣心香是菩提。
白发甘心归故里，黄泉留面见先师。
黄沙万里着金甲，绿洲再作打油诗。

注：①蚍蜉撼树，是指蚂蚁想摇动大树。比喻力量很小而想动摇强大的事物，不自量力。

夜坐偶感

萧然独坐过三更，铜臭招聘大苍蝇。
可怜九百六十万，雄鸡变性晨不鸣。
曾经几多改革路，病吟仍伴风雨声。
仓充引诱鼠雀窥，贪官多如野草生。

鹧鸪天·金秋感世

寥廓繁城入画中，空气污染几天清。
莫憎鸿雁无归意，欲筑新巢堪远征。
莫呼吸，毒气生，可是环保责任重？
金秋若有关心处，枫叶红时日日晴。

版图观感

桑叶飘落雄鸡痫，僵蚕可药谏难言。
曾闻韩琦调鼎鼐，也寻田叟问桃源。
百年醉生酒千桶，一生苦读书万卷。
悠悠浮云闲处士，不向寒江垂钓竿。

春节感事

壬辰至兮春未启，灵灏灏兮源秀之。
悲山川兮为湟池，孰江河兮竭泽器。
何执操兮意不固，贯鱼眼兮混珠玑。
岁冉冉兮寿愈衰，年涛涛兮流远矣！
伯牙琴兮弦已绝，无子期兮谁听之？
同声者兮音相合，同类者兮气相律。
飞鸟啼兮号其群，麋鹿鸣兮呼其侣。
卞和哭兮石流血，求良工兮琢宝玉。

列子隐兮乐穷困，世莫可兮身托寄。
天鸟众兮自成群，凤独飞兮无凭依。
避浊世兮潜深潭，居岩洞兮安陋室。
身寝疾兮心沉抑，勿与众兮论道理。
黑白颠兮数千年，怨世风兮吾何必。
龙欲举兮祥云往，虎长啸兮狂飙至。
来人世兮无事事，吾又赚兮一甲子！

读史有感

2014年8月6日

历史真假假亦真，谁去追溯谁去寻？
糊涂聪明明真相，翻云覆雨雨无根。

致台湾十五位著名企业家

2014年8月12日吟于涿鹿

炎黄子孙附强宗，细算家谱血脉同。
海峡云水无旧迹，版图菊兰有遗风。
历尽劫波兄弟在，和谐相逢路又通。
珍重珠玑织锦绣，中华民族大英雄！

人类大同①

2014年9月20日

世界法脊寺为邻，篆籀佛经大笔真。
周鼓秦山风化久，唐标铁柱史有人。
宇宙无暇明表里，金锁连关玉斧新。
人类趋势奔大同，复疑巨龙腾祥云。

注：①习近平主席成功访问印度，受到印度举国上下热烈欢迎！昨天，习近平主席在印度发表了高瞻远瞩的讲话。人类一国，世界大同。在此之

前一个半月，印度现任总统亲妹妹瑞塔森公主来华私访。中印两国有三十多亿人口，占人类总数的二分之一。中印两国历史悠久，有两千多年的友好往来。故以诗歌之。

手莫伸

2014年8月9日

火炼黄金金炼人，妖魔伸手手被焚。
贪欲本是邪恶种，腐败更是亡国根。
皇冠加冕德者戴，开天辟地见真君。
国土谁敢占一寸，试看天上蘑菇云！

风物篇

神·州·吟

咏牡丹（一）

身列国榜欲何求，群芳谁与比风流。
天资夺尽人间秀，凤凰飞来自堪羞。
竞花园内开时节，袭神香气分外幽。
嫦娥信手折枝去，广寒宫殿全熏透。

咏牡丹（二）

洛阳名花倾国城，堪称绝代遇薄情。
品格不媚武娘怒，贬值斯人做素工。
恩泽施尽无红绿，落花流水任西东。
虽有园丁辛勤甚，难敌秋寒一夜风。

咏梅

贞姿孤傲冰雪中，铁骨易见更峥嵘。
含笑始能报春信，幽香不与百花同。
高天广寒白玉境，大地嫣然姹紫红。
何必诗词添花瘦，相宜总留千古名。

忆梅

白雪压铁骨，严冬何太长？
欲报春消息，斗雪送清香。

咏菊

迟来金面为谁荣，早把娇媚付西风。
清照添词人更瘦，此花应栽东篱中。

白菊

素菊承蒙秋艳欺，霜露肃杀欲谢时。
无情有恨谁堪怜，陶令移植在东篱。
冰清玉洁不争媚，品格自居藏天机。
飒飒西风寒香冷，冥冥东方有青帝！

访菊

梦得芳菲时境迁，醒来竹篱菊当权。
幸然不识秋风面，却被孤芳累数年。

观荷

才看尖角刺雨晴，又是莲台浮沉轻。
纵然芳卉自开落，狂风毕竟亦无情。

兰花

室内幽兰体态柔，街前杨柳见应羞。
芳时容易成消遣，酒会流连诗应酬。
鼓瑟吹笙熏风动，花亦为舞画中游。
绿叶习惯无拘束，谁说盆中不自由。

雪莲花

天山有奇花，傲雪度年华。
百丈冰不死，朔风吹斗葩！

〔双调〕水仙子·冬寒

西北冷风夜来狂，吹断时人后脊梁。
天南地北空游荡，苦难装欢面上。
来来往往如蚁忙，去去回回赢样。
下岗家无夜粮，朱门尽是繁荣相。

〔双调〕水仙子·山村

坝前坝后数村庄，山坡山顶冰覆霜。
车驶车行银岭上，风来寒气清香。
可是枯梅缟绡裳，大醉惊冬梦。
小雪断人肠，冷月淡黄。

虞美人·赏枫

岁岁重阳登高望，醉里枫叶赏。
今年偏爱满山红，西风烈烈诱上香山顶。
天哭落洒潇潇雨，松柏泪水滴。
群山几度又重洗，点点枫叶满目红云起。

瓶中花

拦腰剪断怨芳姿，插瓶恐落幸开迟。
娇媚不借东风发，终生全无夜雨欺。
幽香出自寂寞中，韵味来在清新时。
游蜂拥忙难知觉，园丁偷闲惑有思。

飞瀑

银线冰凌悬霄汉，仙女罢织天梭闲。
搬到天河倾玉液，运来烈日晒未干。
彩虹激涧白龙飞，陡壁高挂雪练寒。
霜降涂抹动秋色，冷露浸人怯衣单。

寄生虫

大醉谁奈何，长眠有甚思，糟蹋功名两个字。
掩埋千古兴亡事，沦丧万丈凌云志。
世人皆笑谪仙非，知音都说陶令是，
应声虫叽叽，咬定猪皮不愁吃。

金雕

一对金雕有前缘，每次登山必来伴。
伸手轻轻拂翼羽，雕鸣声声有语言。
云峰山门磋断础，龙脉良木萎何年。
人雕如友成佳话，当地百姓作奇传。

南飞雁

寒天湛蓝一雁去，日暮夕霞数行啼。
时时念鲤无音信，天天北望眼欲迷。
放笔挥毫托鸿爪，饮雪吞毡待何期？
白衣洒泪易水路，黑夜此身何处栖？

荷茎翠鸟

翠禽低声叶底鸣，恐惊荷花脸羞红。
莫怪成荫绿伞早，能遮浅水虾戏龙。

如梦令·老马

老马扬尘日暮，自知还能识途。
力尽夕阳路，筋疲卧荒野处。
回顾，回顾，踏落枯草霜露。

笔墨

香墨泼过手自搓，挥洒淋漓笔频磨。
离骚读完思三闾，楚辞诵罢唱九歌。
失志将台无韩信，成败铁腕有萧何。
靖康不耻能坐井，岳飞愚忠命风波。

景山春雨

润物甘露洗景山，描红绣绿如浸染。
避雨雕楼望故宫，雨打琉璃生金烟。
一株歪松因何罪，百年仍锁铁链环。
几步闲情问蝶梦，半春幽怨付管弦。

浣溪沙·春夜

春夜落花细雨轻，润物淅簌点窗棂。
蛙语问候几人听，为留鼠饭我入梦。
怜悯飞蛾不点灯，挥笔添词钗头凤！

夜月春雨

借来月光才当空，风推浓云又朦胧。
赊得龙王丝丝雨，洒向人间酥酥情。
润开深夜春睡眼，不知瞳孔向谁明。
当年往事哪堪忆，伴随滴答点残声。

春分

谁知春分天还凉，嫩柳垂金半遮窗。
回忆往事空如梦，吾生嘘臾叹感伤。
酒杯惊醒幽帘梦，茶壶沏满茉莉香。
远方朋来侃谈后，自觉当年太平常。

春寒（一）

白玉栏边折一枝，春寒日日雨丝丝。
人间自有清华种，多涂胭脂待天时。

春寒（二）

身世沉浮雨露天，谁还认得旧时颜？
吟诗添词闲依阁，腊梅开时亦懒看。
北京数年曾记取，花开几度我无欢。
冬去春来常更替，夏尽秋风只凋残。

春寒（三）

大地茫茫春潮晚，白雪皑皑仍依然。
书满尘土从未读，天涯向谁报平安？
往古悠悠江山是，纵有高楼莫凭栏。
枯草萧萧呻吟处，寒光照射天际边！

春夜雨

天幕低低夜色垂，春雨声声滴心碎。
南北断肠三千里，离愁两地相思泪。

早春

三月初识迎春花，一池冰水未鸣蛙。
双双素影寻旧垒，挺挺白杨已藏鸦。
瘦竹疏梅闲山寺，深耕浅种忙农家。
时雨生值贵如油，饥荒借来炸龙虾。

惊蛰（一）

乌鸦啼天为何情，乍暖还寒物欲生。
万象安排已有绪，只等春雷第一声！

惊蛰（二）

乌鸦今日不出声，寒流滚滚太无情。
万象安排似有序，都盼春雷响一声。
身残有脚懒出户，庭外状况杀风景。
瑞雪本应白如玉，怎奈瑕疵竟纵横！

北京春雨

三月北京雨似尘，阴霾空曚半不真。
车辆蚁密烟漠漠，故宫偶露瓦鳞鳞。
处处园林红滴洒，株株垂柳绿淌金。
我欲借用唐寅手，任意挥洒淡墨匀。

春风

春风度柳杨，柳低杨高昂。
世外林泉美，处处宜春光。
白头何足虑，且喜今日长。
把来一壶酒，醉眼看三阳。

春深

西山转绿樱花红，幽谷消融溪水清。
古刹忽然鸡报晓，唤醒春深又一层。

燕山春柳

燕山树枝初显黄，还未垂金头先扬。
等闲倚得东风势，红尘滚滚乱条狂。
柳浪排空莺不栖，指向人间大扫荡。
舞出花絮瞒日月，无私天地有清霜！

鹧鸪天·初夏

万紫千红欲尽时，向谁去问春消息。
绿荷叶上初夏雨，滴答声音是别离。
焚龙涎，调琴丝，燕子呢喃鹧鸪啼。
可是今夜南风起，吹散愁云月向西。

夏夜

无风无雨暑气熏，如蒸如煮汗湿襟。
南天三昧烧铁骨，北斗七星炼红尘。
银汉迢迢遥为伴，虫鸣叽叽近做邻。
呼来神龙重抖擞，大雨荡涤天地新。

夏至雨

白日耀天忽摧云，撞倒银河净毒尘。
雷声隆隆劈炎影，电光闪闪走雷神。
斟酌清醒盈玉觞，搬倒天河水无根。
须臾心思今朝事，逢此天气不能琴。

入伏

病叟头重脚底轻，落魄如乞走北京。
半头白发惊岁月，两字名利早作空。
擦干入伏蒸笼汗，卧听初来夜雨声。
窗外断云升日影，飞来麻雀话新晴。

立秋（一）

世态炎凉又立秋，赤日如火仍当头。
暑气蒸人难入睡，几时凉风度小楼？
莫说归期无定数，有信投递鸿雁收。
天地辗转思南北，日月往来永无休。

立秋（二）

雨后驭秋至北京，不准尘埃平地生。
山承浓露翡翠色，风添小凉树有声。
推杯换盏宴宾客，不亦乐乎远方朋。
他日采菊应大笑，传说犹似陶渊明。

秋望

登楼倚栏看秋景，海阔天高云水平。
书横笺字阵雁斜，雕角浸湖映倒影。
残杨败柳拂晓月，枯荷落泊浮阁亭。
凄凉助人添愁色，苍茫吹鸽铎铃鸣。

秋风

高天云影过城东，万里江山秋风动。
放眼九州祥麟瑞，扶案一纸收画中。
残丘剩水涂翰墨，平原织金山染红。
洗耳不听亡国音，化作雄狮吼西风。

秋魂

满腔热血枫林染，空留遗恨秋魂断。
年年采菊在东篱，岁岁摘叶攀西山。
又是南国收红豆，飞来塞北雁阵寒。
日冕云洒绵绵雨，月食雾漫袅袅烟。

秋水

漪涟频添波纹愁，金风紧锁皱还休。
一枕清霜惊孤鹜，两行悲鸿别晚秋。
鱼虾潜底议天冷，水上人家不放舟，
岸边罢钓蓑笠翁，坐在船头望水流！

秋声

窗外秋声传枕畔，点燃龙涎熏透帘。
白驹过隙半生去，秋虫哀鸣令心烦。
斑竹千竿湘妃泪，屈原佩兰翠消减。
衰年仍持苏武节，寄意幸亏南飞雁！

秋声赋

北国寒天夜气清，西风萧瑟雁南行。
时光如水年华变，白发如霜鬓角生。
古道凋残悲瘦马，高材叶落叹无情。
千家闭门悬客梦，万里江山动秋声。

重阳

登高放眼望不尽，秋光虽好费沉吟。
一段尘缘三生债，九曲栏杆万里心。
城门悬头尚忧国，介山藏形任火焚①。
入蜀还吴他乡客，错将狼穴做近邻。

注：①相传春秋时期晋国一位名叫介子推的人为国家出谋划策后不愿意出来为官，背母进介山，奸臣为国君出主意放火烧山，结果介子推母子宁肯被烧死也不肯出来做官。

重阳吟

夜闻恐语话重阳，晨登奭①峦放眼量。
灿烂昭昭清玉宇，冷灵皇皇从天降。
秋声细细应草木，兰蕙纯纯莫敌霜。
金鹏高举云中逸，高天翱翔游周章②。

注：①奭（shì）：盛大。
②周章：云神。居无定所，周游天宇。

寒秋

秋风扫叶堪可怜，寒露霜降锁断烟。
月宫减凉生桂树，大地飞雪落白莲。
凋零寂寞空愁暮，夕阳无奈上鬓斑。
且莫凭栏添怅惘，依稀银丝不可年。

秋夜雨

秋雨添悲观，仰天又长叹。
凉夜终不寐，陈情向濡翰。
开灯耀陋舍，秋风赠凄寒。
残身沉痼疾，余婴浮药煎。
采药效神农，追尝病乃迁。
草根能抽丝，岂不怀所欢。
极夜雨晨殚，浇出艳阳天。

冬雷

谁信立冬响惊雷，天象如此仔细推。
明日又落流星雨，地震灾难不久随。
海啸浪卷淘沙后，泰国汶川白骨堆。
请君准备望远镜，拭目夜空观繁辉。

冬雾

雾锁幽燕天呻吟，阴霾滞留迷京津。
空气携毒漫庭户，寒流送氧推断云。
繁城车灯闪磷火，广厦无踪隐阁君。
放眼七成鬼影动，近视三分才辨人。

冬云

冬云压城到窗前，身在陋室怨衣单。
雪封岩洞熊入睡，黑障锁山僧坐禅。
冰河有恨难入海，寒月无情却在天。
明晨请来红太阳，万道金光照人间。

江雪

初冬大江卷寒涛，素裹群山玉崖高。
刺骨悲风意势动，满面虬须挂银绡。
雄鹰凝视睛不转，已知长空撒鹅毛。
雪花如席满天舞，装点乾坤尽妖娆。

雪

天空碧玉琼瑶。暗暗云帐，
片片鹅毛。宴会归来，
访友懒去，唯有无聊。
一支香烟点燃雾缭绕，
一个灯管寒光冰影照。
独自揣摩：
哪个粗放，哪个清高？

雪中探梅

雪片如席扑面来，冻做梨花拂不开。
玉鳞迷漫三千界，银龙斗争万里白。
朔风悲鸣绝鸟迹，鹤发相随棉絮开。
寄心梅骨似铁铮，不送暗香何也哉？

腊月雪

天寒地冻阴风乱，岁久冬深雪迷漫。
忧思辗转梦难成，不乞卧榻学袁安。
蒙正回窑愁转加，卖臣背柴行路难。
晋韩孙康休强读，蓝关停马缺浩然！

瘟疫

月染瘟疫暗不明，朝阳昏沉午梦清。
繁城车稀校停课，郎中冷笑傲尘缨。
舍药自有相怜意，鬼门关前阻客行。
画地为牢保乌纱，驱赶冤魂到幽冥！

琴（一）

寄托哀弦移中柱，韶华都被流光误。
手扶瑶琴抽心丝，花影相对谢家树。
今夜又识牛女面，明年鹊鸟飞何处。
霜天雁影入云霄，兜率丹房乐如如。

琴（二）

一张古琴数年闲，五行之精自安然。
金头玉腰苦中涩，指法技法恐失传。
谁知高山流水意，无奈懒动七根弦。
我友老牛听得懂，龙吟凤鸣没白弹！

夜雨惊梦

雨伴天哭夜蒙蒙，霆霾暗暗气未清。
垂柳却不甘折腰，滴下泪珠尚有声。
桃枝无恨花千点，云缝有天月半明。
鲸吞伸出偷天手，窥户入室初夏风。

寒风

朔风劲摇松柏枝，顶天立地仍自持。
英姿棱棱守操节，历尽冰雪志不移。

寒雨

残露庭阴逐愁丝，经夜寒雨湿阶泥。
侵骨秋风吹泪眼，不见慈母夜缝衣。
中药常温身病久，陈茶无水客来稀。
酒杯斟满无他味，寂寥情怀苍凉时。

地球两极磁爆

阴阳分界交子时，参禅如赏地球仪。
南北两极白莲坐，轴心磁场已偏离。
忽来太阳量子客，轰击奇光闪虹霓。
如此天象谁能解，人类应声说特异。

石头

岩浆只为冷却收，数年松风振青讴。
况基浮屠七层阁，雕琢垒砌百尺楼。
古今兴废多少事，岁月风化做土丘。
塔铃自语斜阳里，山峰再高也石头。

针赋

尖头尾粗白似银，体重未足克拉身。
眼睛长到屁股上，只亲衣裳不认人。
一生拉线上下蹿，往来穿梭靠后盾。
有缝就钻左右拱，扎你痛心血淋淋。

农田乐

锄禾头顶烈日炎，足蒸熟土背灼天。
力尽筋疲不知热，淋漓汗珠盼好年。
风调雨顺金龙爪，苛捐杂税猛虎斑。
田农收粮交租后，碗中还剩几粒餐？

归田

远城市人密物穰，近山海水色无光。
村居熏陶成野叟，田园铲销旧官样。
重温牧童笛牛背，演习渔樵山歌唱。
老酒缸旁多是醉，晚年席地赏夕阳。

大雨

风赶黑云压京城，急雨惊雷彻地声。
天晴可知龙去处，满目新绿听蝉鸣。

寒风咏

割面寒风腊月时，欲赴故乡意迟迟。
异生白梅不报春，除去名利别不知。
年尾寻胜幽可见，行到山顶雪未低。
卧薪也学勾践胆，夜深起舞振皮衣。

为明代鱼藻纹瓷罐题

昨日入窑火生温，今日绿藻配新鳞。
等闲谁识丹青手，千古瓷艺昭后人！

雾凇

银装素裹地蒸雾，朔气推云天洒珠。
松花江水泻千里，垒得冰排一米固。
凛凛北风刀刮面，苍苍两岸舟不渡。
百年树人皆白发，万山似玉爱如如。

元 宵（一）

珠粉滚皮千金馅，五味品尝又经年。
辍学儿童不识此，手攥雪团看白丸。
今夜观灯赏玉兔，尚觉人潮湧波澜。
情怀更思农家乐，焰火冲天望故园！

元宵（二）

地冻天寒袈裟颤，光头微温枕催眠。
夜永更长霜四壁，清水汤圆煮一丸。
世间灯节花千树，佛辉闪烁无量焰。
潇潇洒洒生甘露，杳杳冥冥落白莲。

元宵（三）

乾坤繁荣灯照月，贤愚醉醒酒无多。
佳酿充肚壮人胆，失业呐喊生路绝。
家贫常为粒米愁，何来元宵下汤锅。
饭桌菜帮稀似玉，朱门黄金堆如铁。

春节

爆竹声中新岁初，寒梅吐玉送复苏。
春风一度三阳日，万象更新迎金猪！
佳节思亲频频语，红尘滚滚总重复。
天地辗转今又是，恭贺新禧胏腑出！

杨家岭周恩来故居老树

古色苍茫起玉鳞，虬枝挺挺过百春。
遥对宝塔相倾诉，追忆当年树下人。

仓鼠

官仓群鼠壮如牛，占得粮仓又怒吼。
饥民无力与之争，野菜草根强糊口。
三个高调东边唱，两条务必西坡走。
瑞雪纷飞冻白骨，春暖朱门酒肉臭。

蚂蚁

人类活命靠金钱，蚂蚁小眼惊奇看。
我们数量比人多，从来不知去挣钱。
地球资源享不尽，挖个洞穴就算完。
一生一世唯忙碌，劳动就能吃饱饭。

月

茫茫中秋夜，迢迢满天星。
十颗微尘转，太阳系组成。
其一称为月，借光向人明。
只自悬清汉，又洒无限情。
何事宇宙外，奥秘谁说清？

冷夜残月

晚蜩凄然赋秋雪，夜林萧瑟飘霜叶。
西风玉骨常太急，黄花人面凋谢也。
箫声悲咽远处来，吹断白发情难怯。
凭倚楼台细细听，身披残缺淡淡月！

云遮月

酒尽清辉云上明，惹得银河腾白龙。
错将金饼做珠吸，细看玉兔正当空。
诗词骚客吟千载，嫦娥羞涩万种情。
最是今年中秋夜，玉盘承露伴雷鸣！

雍和宫

胤祯旧府做梵宫，至今仍有王者风。
登位嬴劳十三载，盖棺不忘强国梦。
没有新政艰难日，何来乾隆盛世功。
千秋是非谁评说，一群藏僧颂佛经！

牛

筋疲力尽谁抚伤，遍体鞭痕是凄凉。
病牛自知春耕近，踉跄拉犁还勉强。

沙尘暴

黑风搅动乾坤沙，黄龙翻滚失中华。
早知天地成混沌，先把日月拿回家。

云

千形万象列碧空，藏日隐月独自行。
无限重复天际尽，闲处悠然变奇峰。

柳

垂下长丝挽不堪，翠色重复旧毵毵。
昔日株株汉南柳，今天依依绿如烟。
几经秋风看摇落，常随此景泪潸然。
一荣一枯木如此，三胜三败人生间。

雨滴

接来雨滴好相闻，无色无味觅无根。
聚散无常形变气，托得日月做近邻。
情到浓处生雷电，意至尽时化作云。
搬倒银河天流泪，化作甘露洗星辰。

春蚕

抽丝类蜘蛛，作茧竟自藏。
化蛾似蝴蝶，却不寻花香。
到死丝方尽，与人织锦裳。
无所事事时，早些落滚汤。

龙

腾云驾雾任西东，当年故事笑叶公。
虽然横空千丈势，雕凿刻入小屏风。
藐视一眼金銮殿，所见皇虫眼无睛。
有史以来权神授，红山考证猪是龙。

秋雨赴筵

漫天秋雨约金风，饩禊①霞云觅霞宫。
虹霓难分疏和密，阴霾可辨淡与浓。
鼗②头谢绝馘③庆靡④，醵⑤篁⑥诜⑦处有良朋。
酤⑧觥⑨觊觎杏花村，牛背牧童指行踪。

注：①饩禊（xì xì）：古代春秋两季在水边举行的除去不祥的祭祀。
②鼗（táo）头：鼗，长柄摇鼓，俗称『拨浪鼓』。
③馘（guó）：古代战争中割取敌人左耳以计

数战功，也指割下左耳。

④厣（yǎn）：螺类壳口圆片状的盖，蟹腹下面的薄壳也叫厣，这里指海鲜。

⑤醵（jù）：凑钱喝酒。

⑥篁（huáng）：竹林。

⑦诜（shēn）：众多的样子。

⑧酤（gū）：买酒。

⑨觥（gōng）：古代用兽角做的一种饮酒的器皿。

抒情篇

神·州·吟

国庆

2014年10月1日

祖国母亲逢寿诞，岁月荏苒始一元。
四九血色五星旗，六五红日住中天。
亿万尧舜做大梦，民族强盛转妙严。
世界大同共温饱，何须颂经学飞迁！

秋夜

夜空星光碧荧荧，沉香燃烬金兽鼎。
无限伤感情脉脉，神衰病体困腾腾。
离魂与谁能共语，哀虫叽叽不堪听。
冷眼天寒秋增翠，金风吹取月牙东。

秋望

一两行长空阵雁，千万重楼外青山。
离别容易见时难，金菊带露百花残。
风萧萧吹柳依依，云淡淡托月弯弯。
重阳登高放眼望，幽燕大地辽阔天。

秋闲

经秋露凉九月天，抛却烦恼寻悠闲。
颐和园中忆往事，昆明湖上放舟船。
隔岸垂柳谁梳理，碧水鱼翔我偏怜。
闭门谢客因何事，一部本草度残年。

迎秋

转瞬时光又经秋，天地辗转欲何求？
草芥功名不复看，却把岐黄作精修。
浮生所重了生死，出仕难忘济世忧。
欲向飞鸿问消息，秋水滚滚自东流。

缅怀巴哈欧拉

白洞灵光度尘埃，地球蚁树生耳苔。
任尔采摘复生菌，血雨过后杜鹃开。
宿因真理玄机契，果满功圆证莲台。
蜡炬成灰泪已尽，千秋万代永缅怀。

离家

离家远行心凄凄，看破红尘已晚矣。
心猿意马供驱策，觉悟向佛任神驰。
听经盲人复明目，学法聋耳能听之。
慈悲化度感诸物，斜月三星种菩提。

自怜

栖身小屋远昏梦，静寂风光绝断肠。
若问家归何处是，可怜游子自茫茫。

秋思

梦幻境里逐秋思，心绪荡荡怅别异。
多少年来梦中语，唯有内心谁识知？

清平乐·怀友

相对无计，强作欢心意。
南北高楼共相依，往昔境回梦里。
襟矜沾泪惆怅，风车辗转柔肠。
夜夜魂随君往，天天至黄浦江。

秋感一章

世间千愁难抵秋，仰向苍天一哭休。
十三亿人齐落泪，毛泽东魂莫远游。

〔中吕〕普天乐·深秋

炊烟迷，寒山翠，
长空鹤唳，叶落鸿啼。
曲径幽，茅舍僻。
深秋孤山遥相对，
菊傲霜露绽东篱。
古道枯树，昏鸦独栖，
何日归兮？

〔正宫〕醉太平·梦醒

秋霜上华发，镜中无韶华。
夜里西风过万家，扫落残花。
身似枯树已落叶，心如古藤多牵挂。
大梦不觉日窗纱，先闻麻雀喳喳。

忆秦娥·中秋

圆又缺，无情最是中秋月。
中秋月，年年欢聚，岁岁伤别。
千里难阻魂飞越，入梦仍有归时节。
归时节，夕阳残照，十三陵阙。

菩萨蛮·试药

晨曦初醒起身早，昨夜晚睡读本草。
试药苦难言，又惊晓梦残。
君臣已配出，火煎再次服。
吾宁品万毒，患者一笑舒。

偶成

低头看枯草，扬眉见归雁。
往事如浮云，光阴似疾箭。
囊中羞饭钱，走进桑麻园。
两间陋茅舍，一亩菜肥田。
床头神农书，墙壁李杜篇。

减字木兰花·杂吟

红酒如蜜，对影两人同宴席。
寻寻觅觅，天路迢迢无归期。
忽然瑶池，在无人处埋美玉。
娇娆取弃，雕琢成器顶天地。

秋伤

西风凄紧草木枯，晓霜挂窗近视无。
残荷叶下鸳影逝，败柳枝上雀踪疏。
星移物换思往事，日转桑榆伤自抚。
浩海襟怀天地阔，龙泉当镇鬼神殊。

忧问屈原

项上人头顶乌纱，下海多是混水虾。
夜寒冷案灯前泪，风波凄凉梦寐家。
可怜流胡苏武节，哀叹忧虑贾长沙。
放眼江天问屈原，满目夕阳噪晚鸦。

自述

读书五车呆气浓，笔者一纸愧乏通。
有医无类天天事，似僧非僧夜夜经。
每每零点难入睡，历历往事自吞声。
土面蓬头君莫笑，此心淡泊我常凭。

赠友人

百年人生犹如梦，万里青山不宜冬。
草芥名利莫复看，留得傲骨对云峰。
时人有道桃源好，偷闲犹觉拂面风。
修炼身心皆净土，慈悲襟怀容太空。

舞剑

子时过后意气生，雌雄剑光射长空。
白练触目剑指处，雪花撒手贯寒冰。
狮吼震天天擂鼓，虎啸动地地卷风。
今宵磨炼平凡骨，何时挥剑斩长鲸？

柔情

煦煦难断是柔情，依依童心暗自萌。
万事皆空谁逃责，且莫碌碌度生平。

思双亲

异乡霜鬓客，半生戎马间。
双亲已早逝，向谁寄书还？
虚传千里信，清明再祭奠。
羸体复转侵，遥恸长白山。
苍凉寒星下，痛哭泪潸然。

拾荒

虬发花白脸蜡黄，跟跄寻觅垃圾箱。
御寒旧衣开残线，果腹充饥野菜汤。
交趾提腿鞋底裂，瘾吸烟头拾街堂。
莫道炎凉无冰雪，试看人面有寒霜。

悟

即知天命复何求，频经地舛返无忧。
千年时光眨眼去，万古英名瞬间留。
泰山崩面莫当事，猛虎掷背认做友。
世间无我何生死，心似白云长自由。

京冬夜剑

庭院长啸惊冬夜，幽燕独步客思乡。
迎风起舞三尺雪，寒光洒满万家霜。
剑指月空问归计，韶华无奈鬓易苍。
挥起昆仑白玉斧，劈向蟾宫桂树桩。

复书

宦海不自由，茫然空复愁。
孤舟遇风阻，岁月已春秋。
风雪夜归人，欲栖何处楼？
红尘双眼泪，为我落荒州。
一步亦趋路，灯消夜深酒。

元旦（一）

还忆去年西半球，却怜今日在甘州。
雪积空山繁霜鬓，朔风吹骨望琼楼。
闪闪火箭升天宇，寂寂沉思为国谋。
茫茫银汉浮重壁，荡荡乾坤泛轻舟。

元　旦（二）

一元复始珠峰巅，万顷银光摇雪剑。
青峰难断天河水，瀑布顿失挂冰帘。
春来血华啼杜宇，冬至峥嵘吼飞廉。
虎啸林海狼嗥处，如比人心皆未险！

春夜悲

东方欲晓夜更残，塞北还寒春已半。
通宵悲号思慈母，游子破衣留针线。

梦游（一）

知觉天地无穷尽，可惜人生劳碌身。
逝去已亦难追及，来者吾酌不闻今。
遥思不定徘徊远，剩下惆怅失意心。
荒唐忽而迷茫处，增悲痛伤无限神。

梦游（二）

魂魄飘忽离不返，躯体形销对骨言。
清操反应唯内省，所由正气返自然。
淡漠平静安愉悦，恬淡无欲瑜参禅。
清晰有语朝闻道，混沌寂寞夕看烟。

梦游（三）

梦游天国都是仙，尘世蜕壳人难见。
惊叹死后化星宿，长嘘北斗千古传。
羡慕众生皆得道，繁星耀眼宇宙间。
超俗永居名洞府，从此不再返故园。

梦游（四）

众生忧患莫惧怕，世人难测踪到哪。
担心四季不断变，太阳一样渐西下。
比如严霜始降临，悼惜惊秋先凋花。
暂时逍遥而自在，苟且虚度好年华。

梦游（五）

迎风抒情梦幻中，游赏识物谁与共？
三皇五帝离我远，四时八节去从容。
江海浪涛忽前后，天地苍茫动九星。
宇宙瞬息能万变，散则为气聚成形。

梦游（六）

似鬼似神仿佛见，如春如秋交替寒。
为何徘徊留人世，只是攀援上天难。
欲与吴刚猜酒令，渴饮清露淙饥餐。
正阳漱口含朝露，怀中长抱日月眠。

梦游（七）

离开躯体去游历，来到灵山稍休息。
成佛秘密求真谛，见到如来先作揖。
只能意会难言传，道理介子纳须弥。
世上无我法自然，空即不空悟静虚。

梦游（八）

听到名言随风往，孤魂渺茫即起航。
追随羽化极乐地，永留长生不老乡。
清晨溪谷净而发，傍晚九阳晒衣裳。
渴饮昆仑飞泉水，饥餐花朵美食粮。

梦游（九）

天池为镜脸彩光，精神纯粹始强壮。
形体消解轻丽柔，仙风道骨远奔放。
虚幻气候真善美，永远吐英飘花香。
群山萧条不知兽，原野寂静无人往。

梦游（十）

魂魄飘然步彩霞，云遮身体天门跨。
换来菩萨做导游，太微中宫在哪家？
来到九重天宫殿，造访星宿都谈话。
晨从太仪无廷启，晚至东北玉山下。

梦游（十一）

万里聚集随从前，井驾齐驱容安闲。
九龙驾驱蜿蜒进，云旗长空飘绵延。
插绘雄虹彩色旌，五色缤纷闪耀眼。
矫健俯首马自如，奔驰纵横永向前。

梦游（十二）

坐骑车马错纷乱，神兵列队漫无边。
手持缰绳鞭端握，经过木星再向前。
关帝太皓向西转，前有飞廉①风神探。
乌金还未大光明，越过天池径直赶。

注：①飞廉，指神话传说中的风神。

梦游（十三）

风伯开路当先锋，扫荡尘埃天宇清。
遇到西方帝少昊，凤凰展翼承旗旌。
摘下彗星饰仪仗，举起北斗指队形。
纷繁闪烁忽上下，游如惊雾泛流星。

梦游（十四）

天色渐暗晦不明，命令玄武赶紧行。
安排众神井驾进，文昌后队做领从。
左翼雨师煮茶侍，右路雷公站哨兵。
超脱尘世乐忘返，放崇心意任凭行。

梦　游（十五）

内心自欣喜修养，梦幻暂且求通畅。
白云从足驮梦游，忽然低头见故乡。
追思怀念心伤感，止住行云低头望。
无限依恋思往事，长叹泣泪涕沾裳。

梦游（十六）

良久又在彩虹上，压抑泛起乡情肠。
直奔南方火神去，将到南方丙丁傍。
世外景象荒茫远，我似孤舟泛海洋。
祝融劝说快回返，转告鸾鸟松江伤。

梦游（十七）

宓妃演奏承云弦，娥皇女英韶歌献。
湘灵鼓瑟奏新曲，玉兔嫦娥舞翩跹。
四海龙王同进退，万态形体盘蜿蜒。
彩霞左右来缠绕，鲲鹏上下飞盘旋。

梦游（十八）

音乐悠扬耳颔缓，无所徘徊且蹒跚。
坐下天马任驰骋，到达壬癸北极寒。
呼来颛顼登冰顶，超越严酷寒冷源。
经历玄冥崎岖路，回首频看天地间。

梦游（十九）

通知玉帝来会面，瞬间宇宙都游遍。
向上直到闪电外，朝下深邃看不见。
耳朵模糊难听声，睛忽球闪却盲眼。
超然至无清净界，原始太初永相伴。

梦游（二十）

悲我本性不可变，屡系教训唯志坚。
江山易改心难移，恰似昆仑天地间。
乘云驾雾游四方，化为灵光升九天。
寿命齐能同天地，思维穿梭星系间。

梦游（二十一）

佛山灵鹫沐佛光，世间众神都拜望。
太阳光里择鬼神，登上天门入殿堂。
乘驾八部金龙起，扭转电光向西方。
大鹏传递呼六甲，倒提长河九曲黄。

梦游（二十二）

横扫飞涛又南行，荡涤尘埃踏碧峰。
不经轮回穿烈火，会晤海神过朱冥。
贯通鸿蒙向东土，几次咸池稍暂停。
呼风唤雨寻常事，降龙治水扶桑农。

梦游（二十三）

乘驾凤凰去游荡，玄鹤鴭明跟身旁。
孔雀上下飞来迎，仙鹤成群腾瑶光。
排开雾幛入天苑，登陆悬圃心明亮。
系结琼枝杂玉佩，升起长庚替太阳。

梦　游（二十四）

脚踏惊雷追闪电，鞭策风伯开路前。
百鬼拴在南斗星，玄帝大神囚虞渊。
飞向高天风拍荡，圣帝颛顼诉讼原。
考察玄冥到空桑，然后旋转不周山。

梦游（二十五）

尧舜进言来梧苍，乘坐弦月轻舟旁。
清教子胥在吴护，悬头国门可感伤？
望见故国暗不明，屈原投水自沉江。
世间浑浊人失望，怀抱兰花泛幽香。

梦游（二十六）

山花烂漫梦境裳，嫉妒摧折散四方。
深红幕布鲜艳美，轻风细柔无阻挡。
太阳火炎西方落，明天势盛光芒强。
暂且乘光游片刻，忧虑如故始难忘。

梦游（二十七）

我像腾云深渊龙，浮层浓垢被雾蒙。
卷曲纵横叹流水，乘雷驾电飞天空。
上苍高远广无涯，弃污却秽浮清工。
摇头摆尾驾祥云，遨游无穷在太空。

〔双调〕殿前欢·春

梅花红，杜鹃消息雨声中。
燕子衔泥垒巢梦，
春风吹空，柳条舞，写去踪。
春梦浓，悠悠白云行。
玉箫吹奏，低低心惊。

朝中措·汤山

汤山古道现代桥，夜雨云不高。
沧海桑田变化，白驹过隙皇朝。
帝王将相，风流人物，多少雄豪？
长城司马台上，可见八色旗飘？

〔双调〕落梅风·夜

乘夜色，望山河，凄凉繁荣谁分说？
残红落后春去也，膝上横琴空对月。

〔双调〕庆东原·杂吟

海洋阔龙卷风，人清高红尘中。
宇宙究竟有多少星？
名利荆棘丛，引来猪耕，莫惊醒周公梦。
要想真自在，跳进大酒瓮！

正宫·醉太平

疯癫入寺来，佛前不跪拜，
大肚弥勒真自在，笑口为谁开？
酒壶常满天动色，我醉欲眠地忘杯。
梦游又赴蟠桃会，把琼浆斟来！

〔双调〕水仙子·小满

小满江河水汹涌，大鸟飞来落梧桐。
荞麦枕头黄粱梦，南柯睡眠同。
水皱眉浪重重，雨盼天哭烟雨蒙蒙。
呼来百丈狂浪，冲刷得干净！

醉高歌

数年书剑长嘘吁，一曲瑶琴曾暗许。
往古人类多小事，除却苍天谁能知。
朦胧大醉夜夜事，鼎做小杯频频举。
锅碗瓢盆敲浩歌，阙心悲壮沧浪句。

归隐（一）

闲暇莫妄想，参禅无情况，
世态螳捕蝉，红尘蛇吞象。
淡泊定行藏，冷眼看兴亡。
宇宙胸怀广，银河意味长。
美酒，月夜山溪酿，
野茶，风吹飘清香。

归隐（二）

疯癫过闹市，红尘眼不迷。
回首忆往事，早已罢名利。
凤凰栖鸡食，鹬蚌任争持。
身成活死人，心静如磐石。
神驰，西方极乐地；
归隐，采菊在东篱。

太常引·辞京

辞京东出山海关，何日再回还？
忽然雨绵绵，蜿蜒路滑行车难。
余途苦短，短不妄为，平淡度残年。
回首五十载，如梦弹指一挥间。

赠故人

两鬓如霜心惊老，故旧话别相逢少。
短衣露胫羞避暑，破帽遮眼愧去瞧。
酒肉宾朋相聚会，杯盘狼藉共倾倒。
呼来欺天瓢泼雨，试看遍地卷怒涛。

听雨

合书细听淅沥声，汛期水患总关情。
天空云埋迟迟月，夜雨送来凉凉风。
风雨有情能做伴，闪电无为却裂空。
潇潇洒洒汇集处，点点滴滴到天明。

言志

不戴乌纱不坐禅，不做生意不耕田。
以身试药尝百草，医病不收造孽钱！

少年游

独立高处风习习，举目望天际。
山海关外，松辽平原，
蒸腾燃暑气，绿浪滚滚烟波里。
庄稼好长势，学做农夫，
耕田除草，不如少年时。

无言

鹏翼扇动万里风，如何壮志皆成空。
自从沙尘迷望眼，灯前花镜蝇头功。
伏案舔指书咄咄，捶胸闲闷意忡忡。
无奈运河直钩钓，且将偷懒学渔翁。

七夕有感（一）

又逢七七年复年，磨难九九人亦全。
尚能心态常如故，今夜天空月无偏。
牛女迹消前古地，银河不见晚来船。
把酒举杯不胜力，乐忧虚幻皆前缘。

七夕有感（二）

渺渺银河有佳日，款款人生少佳期。
晨醒才知皆是梦，大道无痕万般虚。

月下吟

玉盘当空薄酒情，不堪惆怅姑苏城。
唐寅枉是风流客，东坡忘提上海名。
勾践曾灭吴国月，如今冰轮照样升。
若非蝴蝶甘同梦，醒来知谁是庄公。

望月

天街今夜玉碧明，庭院寒光花垂径。
蟾辉万里披银甲，云翔缟素夜朦胧。
举头望月诗易感，满腹断肠因酒精。
又思灾区民景象，人面蜡黄月色同。

鹧鸪天·边塞

鸿雁衔书塞北忧，一根香烟一段愁。
忽然凉爽风吹野，大梦游魂月满楼。
阴阳界，浪子游，昭君多情敞貂裘。
运河水冷栏杆暖，夕阳晚霞羞早秋。

鹧鸪天·忧国

万里江山万里愁，一心报国一心忧。
经济颠覆谁能保，盛世风光怎久留。
横眼事，满凝眸，我去十步九回头。
醉酒思念家国事，眼泛淇淋不可流。

谢友人

桃李蓓蕾秋不展，今晚月圆风色变。
梧桐叶下黄金井，横架辘轳素绳牵。
左右顾盼望梅渴，上下斟酌品酒泉。
不持樽盏推玉臂，却乘长鲸作消遣。

秋翁

操劳新知白发增，未防秋气透疏棱。
露去霜来摧枯木，天萧地瑟始心惊。
东篱黄花敷人面，西风银丝头蓬松。
伏枥尚存千里志，育松终向九天行。

悲秋

顿感世间鸡虫哀，西风送得晚秋来。
身似大树终落叶，心共芦花漫天开。
远望家乡泪迷眼，手持竹杖登高台。
岁月只解繁霜鬓，三杯苦酒断肠来。

偶得

学精岐黄医众生，国威民力渐飞腾。
肥瘦骨肉同锅煮，斗争发展保和平。
洗耳不听鸡虫语，重阳愿与众人登。
天际无垠放眼望，得大自在永康宁。

永夜思

永夜思心不可降，入梦飞魂过大江。
横桥卧波疑龙影，银河汇通惊涛狂。
星稀预报黎明近，迎接朝霞暖寒窗。
香墨幸饱太白笔，恐慌新诗染玉缸。

学诗（一）

一夜学《诗经》，天色近五更。
秋风窗前过，疑似有人听。
寒蛩不识字，吟咏是秋声。
游子寸心迹，梦魂几度惊？

学诗（二）

一夜学《诗经》，读落满天星。
金风窗前过，疑惑山魈行。
寒蛰可识字，随我不住鸣。
秋声何细细，唯恐被窃听！

楚女

楚国有女昭君奇，出塞飞霜浸幽姿。
秋雨又添斑竹泪，卷帘西风叶落时。
天尺难量古今恨，行星辗转时光急。
蹉跎岁月再回首，举头长叹不堪思。

冷夜

冷侵案前残烛泪，寒风凛然透骨吹。
陋室书香充庭户，夜近黎明天更黑。
自怜情含晚秋气，心绪伴随落叶飞。
时光只解催人老，半生虚度徒伤悲。

往事

晨起移步小窗前，推窗凝望眼欲穿。
天天难平心腑气，夜夜斜肩依栏杆。
入梦凄凉流岁月，赢得惆怅又一年。
抽刀难断长江水，惊涛唤醒孤雁眠。

夜读思

乍欲合书又黯然，闭目沉思数行间。
学海无涯勤为进，虽有高峰尚可攀。
笔走龙蛇写心得，字挑眼帘展黄卷。
伏案忘闻五更鼓，读落繁星一夜天。

思故乡

身在异乡思故乡，双亲西去两茫茫。
寒衣仍见慈母线，此时欲断已无肠。
树枯遭霜风扫叶，蚕僵丝尽只留桑。
今夜秋蛰哀不住，无限伤心伴凄凉。

劫后

劫后空余泪眼枯，再思阳间惊欲呼。
泉台路上隔人世，还魂仿佛鬼趣无。
奈何人面薄如纸，翻云覆雨奸佞徒。
红尘滚到混沌处，沽名钓誉不如猪。

送客

东海秋水蓝无涯，西山枫叶红胜花。
万里长征才起步，千秋功罪论国家。
人人摇唇说事业，个个鼓舌话桑麻。
强颜为欢热送客，雅座最怜冷无茶。

梦醒

萧萧秋风吹大梦，渐渐神清眼未睁。
依稀踏云束金甲，手中横剑缚苍龙。
醒来追忆仰天笑，驱寒全凭烈酒功。
身后枯草余温处，燃尽明春更能青！

雨雪夜

寒夜凛冽雨雪风，银树玉筋垂玲珑。
长城内外玉世界，大河上下封寒冰。
梅杆冰精含铁骨，朱颜改世挺英踪。
太虚黑白龙斗罢，弥留争影向月宫。

四块玉·别情

苦离别，心难舍。
长相思兮何时绝？
只见漫天扬飞雪。
日又斜，云又遮，
人去也。

红山口

半山临街谁家屋，几棵松枝数杆竹，
走出银发老将军，雄姿如松威似虎。
握手高声互慰问，促膝相谈兵家书。
国防大学多战策，强军自有侪辈出。

哭坟

夜深守墓放声哭，一滴血泪一捧土。
我为父母添新坟，父母为我一生苦。
羔羊尚知跪奶意，塞鸦出巢能反哺。
待我料理身后事，再来膝前常照顾。

菩萨蛮·塞外

塞外寒夜睡眠晚，忽触往事太难堪。
寂寞索千遍，可怜梦已残。
山花何处觅，严冬无消息。
欲问春踪影，先看梅骨姿。

自勉

种下心情追少日，悬棒当头常自击。
营养不良久缺钙，铁骨梅杆堪匹敌。
流光只解催人老，寒暑何时随人意。
古琴试手七弦涩，断弦崩碎泰山石。

酒债

月中吴刚桂花新，古越龙山数年陈。
金樽一口海干尽，珊瑚几片捆做薪。
大醉醒来历万载，水族化石成标本。
无奈写意还酒债，笔墨淋漓落满襟。

商世（一）

身逢商世常伤悲，楚人瘦腰唐爱肥。
稻草毛线一起织，砖头瓦块共同垒。
入口食物多毒药，进胃饮料皆脏水。
朱门臭肉羽衣舞，寒风阵阵伴雪飞。

商世（二）

廉颇赵云失业时，周公张良做杂役。
何氏有玉遭削足，宴子用桃杀三士。
使钱能够磨推鬼，无粮孔丘罢了笔。
打鸟反被雀啄眼，乌龟出游上宴席。

商世（三）

上天无路有黑云，入地无门布瘴气。
捶胸顿足肝欲裂，满腔愤怒跳跃起。
立刻转身荒野中，悲哀仰天长叹息。
蓬蒿野草遍平原，浮萍荷叶芦苇密。

商世（四）

燕雀鸿鹄飞欲止，猪獾貂鼠相逐戏。
麋鹿小径一条条，白鹭鸳鸯双双去。
可叹自己太孤独，没有朋友无伴侣。
再往前走心迟疑，乌金夕下当歇息。

商世（五）

长空一鹤排云起，自由翱翔蓝天里。
翠柳黄鹂叽叽叫，古树昏鸦声声啼。
怀念东北我故乡，南飞大雁将归去。
心中梦幻已然醒，依然独立寒风里。

注：本系列诗写于2003年。

困龙（一）

泽枯困龙厄运时，身躯蜷卧泥潭里。
世风日下难教化，官场腐败无变异。
奸佞之徒狼当道，相互狂吠媚宠取。
正义行为遭指责，诋毁白玉成石器。

困 龙（二）

恶鹞飞翔华丽房，凤凰栖息柴堆上。
我要奋起向前走，避免奸佞小人谤。
乘坐彩云腾空去，来到净土好地方。
驰骋玉宇蓝天上，广阔无垠任奔放。

困龙（三）

往来身放七色光，饮水来到银河旁。
彩云虹霓照夜空，金莲涌动映太阳。
遇见流星再问路，指示回首春慧芒。
北斗斟满冰茶水，东君献食百花香。

困龙（四）

盘旋颠倒失方向，牵牛星手脱绳缰。
于是乱走离正道，背叛太阳和月亮。
面前呈现三条路，不走中间左右晃。
巨蟹不见猎户座，金星失去天蝎光。

困龙（五）

诹訾双鱼宫相当，志向阻绝走何方？
手扶天阶朝下望，地球只是我故乡。
飘荡欲降凡间去，污秽太多暗无光。
涕流波澜泪如雨，气结悲叹脏地方。

困龙（六）

九天仙乐声不住，八部金龙盘玉柱。
七夕银河落彩虹，六神聚会心无主。
五方偈帝来护佑，四时辗转定中土。
三山峰巅迎风立，二拳为谁鼓与呼。

岁末

岁末田家尽收藏，茧手颤捧五谷香。
黄牛罢垅育新犊，苛捐杂税难斟量。
一卷史书三更漏，半碗残羹百尺肠。
耕桑认取寒山路，瑞雪丰年人冻僵。

相识

青藏高原曲未终，脸额微晕羞梅红。
天寒赢得三春暖，地冻结缘四季情。
千丝织成杨柳绿，万线连接玉玲珑。
云愁浩渺凋蕾易，窥晓妆罗冷风轻。

严寒夜

黄河上下怒涛静，长城内外雪覆冰。
忧伤残梦断魂夜，敲碎寒更贯愁城。
匣内声啸龙泉剑，劳人叹息怜田横。
冬云蔽日今曾见，北风悲歌皇家陵。

离情

寒月渐渐下西楼，北风萧萧透侵稠。
一枕冰霜缱绻梦，三更冻醒掖被头。
翻想侧思怀伤感，离愁不断心还忧。
明晚可是元宵夜，火树银花烛泪流。

归去

大千世界如梦蝶，五斗米前腰不折。
十年寒窗成往事，万里征途心早舍。
三笑三哭癫狂甚，百日醉酒何须赊。
亦步亦趋不愿走，却向林泉归去也。

车行

车行高速亦飘然，坦途往返弹指间。
京哈路通三千里，胜过文明五千年。
莫道神州铺平路，过客须付买路钱。
铁马往来穿梭日，仍将心事系山川。

相遇

当年相遇旅途中，至今难忘旧情景。
乍见以为丐帮主，以为英雄洪七公。
秋寒夜夜听冷雨，春暖天天见落红。
依依素影燕归来，树树梅花笑春风。

梦幻

梦渡松花江水东，醒来长白山林动。
西风送爽才几日，素斋有酒不撞钟。
悟性渐觉奇妙处，何需面壁色相空。
古往今来多少事，且将法象装怀中。

英雄

天下英雄曰共公，头触不周天地崩，
女娲炼石补天后，黎民百姓照样生。

秋夜冷雨

溪流纵横冷雨烟，飞檐滴溢自凄然。
通宵阴霾遮皓月，明朝难有艳阳天。
风度凉气爽幻宇，遗泽浊水集砚田。
金龙终非池中物，鱼虾来戏定转眼。

随笔

诸事匆忙难避藏，高秋望远亦无央。
人群蚁劳总不悔，结论何时有报章。
经营苦难能增寿，麻姑献桃鬓先霜。
绞尽脑汁理还乱，赢得西风醉一场。

偶成

老来林泉作隐藏，昏眼犹不费丹黄。
野菜淡饭身终饱，遮体数载旧军装。
石头草根无他事，乐在其中大肚量。
追怜往事如虚幻，盖棺定论梦一场！

寒秋

秋风从北京吹过，带走了多少传说？
由兴衰编辑故事，终究是无边落叶。
唯独日月和星宿，伴随着王朝更迭。
我顶礼满头寒霜，从天安门前走过！

采桑子·中秋

人生能有几度秋？
岁岁中秋，今又中秋。
月圆肚圆无他求！
一年一度月圆夜，
人未团圆，心灵团圆，
西山红叶共婵娟。

西江月·听弦

赣江难忘约定，军山应记深盟。
滕王阁外酒楼中，一醉百呼不醒。
长叹寒秋落叶，潮涌梦断歌零。
谁家管弦弄新曲？让人倚栏独听！

西江月·独眠

塞北寒风透骨，芦荡几声雁鸣。
如此载酒半山亭，饮罢反而梦醒。
足似蚂蚁长忙，必随万木凋零。
松林和雨酿秋声。可让独眠人听？

试药

病怀悒悒慢慢降，煎药温温细细尝。
新方组成多是草，古来御医少临床。
郎中治病能疗己，医院无德恐命伤。
神农曾经以身试，再把苦汤喝几觞。

冬夜思

病床不知天下事，体衰意志未全失。
漫愁脚下随云步，迎风何惧雪擦衣。
攥絮碎玉吟鬓角，融化冰水麻木矣。
忽思昆仑钢铁士，此时是否着寒衣？

冬夜琴声

风裂残荷霜含新，夜深难眠心浮沉。
路阻千山知此情，心连万水共鸣音。
披衣御寒杯淡酒，焚香抚琴祭鬼神。
悠扬起指商弦动，悲怨恐惊天上人！

游子行

天涯游子狂歌行，癫狂甚兮无影踪。
神交李白乘鲸去，犹闻金殿呼噜声。
草召蛮书二奸侍，挥毫把盏饮千盅。
重觅诗仙无羁句，青山枯叶酒楼空！

赠友

折枝玫瑰在手中，未曾赠送已凋零。
再去换束郁金香，无根能够几多荣？
雪飘西山冬寂寂，惊涛撼海夜冥冥。
室内再将菊花插，激起东篱无限情！

酒悟

生老病死难留寿，烈酒灌肠忘却愁。
已知天命时未晚，不如参禅悟从头。
境随心转无欲念，横眼之事话哽喉。
红尘滚滚多枯木，净土处处是绿洲。

春思

春回万物竞自由，壮士何必惹风流。
曹营底首无一计，蜀帐扬眉高举头。
大鹏不啄几粒米，振翅能上九霄游。
追思半生荒唐事，不如行止做闲鸥。

初闲

百无聊赖暗沉吟，一品白莲玉做心。
初逢早春疑寒月，寰宇寥落看闲云。

归去

寄情山水走他乡，治病救人比僧忙。
三个指头一支笔，九根银针做行囊。
从此走向天涯路，雄鹰不啄五斗粮。
往事悠悠已贬值，云霞莽莽梦感伤。

清明夜梦

梦中慈母在九天，手摘白云做衣棉。
添满加层还嫌少，意恐游子身上单。
醒来开灯忽坐起，披衣仍见旧时线。
一时难止辛酸泪，通宵烧化蔡伦钱。

致友人

往往迁岁延，去去不知返。
残春欺病酒，长眼相牵攀。
败壁题新诗，泪墨淡尘涟。
云烟过夕阳，悄悄到夜阑。

致曹静玉姐

才情高义谁比君，大慈大悲观世音。
自觉半生愧无地，余生虽短不忘恩。
觅向南天求佳句，雁回北地送妙文。
洗耳不听亡国曲，子期伯牙觅知音。

自叹（一）

大海未枯石空烂，物换星移愁无限。
枕剩衾寒不知处，眉头紧锁仰天叹。
鱼雁沈沈信不通，长夜漫漫何时旦。
这般潦倒强入梦，对镜羞观两鬓斑。

自叹（二）

猛志可与天相关，笑傲烟霞卧林泉。
刑天叱咤舞干戈，昆仑白玉也灿烂。
虎落平阳龙浅水，牛薄夜伴马昏饭。
自叹岁月添白发，神采卓异仙洒然！

自叹（三）

青春曾占龙头选，老来不入名贤传。
浪迹江湖烟霞里，谈笑常是僧侣院。
时时酒杯装日月，处处诗禅纳地天。
铁鞋磨去十万里，留恋红尘五千年！

静夜思

仰望夜空费沉吟，始知时光近在心。
来到世界谁是我，寄生地球暂栖身。
红尘绿茵非净土，不生不灭有灵魂。
灵光射向银河去，泛起星涛不染尘。

吟

明知尘世如虚幻，筋疲力尽行似癫。
繁劳半生谁堪比，羸病缠身我自怜。
长江黄河两行泪，五岳法脊一肩担。
昔年如日腾东海，今携行杖看西山。

杂咏（一）

我喜农桑家，田野绿无涯。
半年辛苦了，池塘看荷花。

杂咏（二）

牵牛夕阳下，归来田埂间。
牧童笛声远，酸味身上汗。

杂咏（三）

清晨田野去，杜鹃最关情。
高唱农家乐，啼血到月明。

杂咏（四）

倾盆大雨急，田里放水去。
只为收成好，甘为落汤鸡！

杂咏（五）

沟壑人稀水已冰，山寺佛前长明灯。
学习方丈趺跏坐，顿觉我是得道僧。

杂咏（六）

佛法微妙，空无一尘。
因缘示现，乃见化身。
是种种相，实质一人。
月转盈缺，日展满轮。
人生如梦，非幻非真。
雁飞落影，水静无痕。
不解解之，满纸烟云！

杂咏（七）

世事荒唐事有无，唐寅丹青被临摹。
粉墨画手真作假，只为黄白是匪徒。
少年意气击碎案，江郎才尽亦觞壶。
孤吟自责叹伶仃，霜雪熬黄青白骨。

杂咏（八）

陋室无铭取次过，琴台犹弹正气歌。
临终不奏输心曲，贫困潦倒奈我何！
几根野菜清汤煮，三两棉花絮被窝。
凉炕也能睡铁骨，红尘败者皆因奢。

猛虎啸月

红尘滚滚退步人，闲云悠悠自由身。
猛虎虽瘦踞山林，啸慑高峰月满轮！

构建我的和谐住宅

山坡有朴蔌，取来建陋屋。
春风小心摇，无力采大木。
但求夏遮雨，秋能挡霜露。
冬雪不封门，吾愿以满足。
朋自远方来，岂不亦乐乎！

劝吏

鲲鹏展翅在九天，莫露腰缠亿万钱。
鹤唳长空排云雾，民脂膏肪事相关。
廉吏不喜黄白物，伸手难逃众人眼。
金银独立荒淫志，名利却壮权位胆！

初冬夜

北风悲哀苦入宵，
冰灯寒光伴寂寥。
思涛汹涌难入睡，
披衣彷徨读《离骚》。

抒情篇

听雪

飞雪无情似有情，落地无声亦有声。
安能以之皓皓白，不蒙世俗洁无瑕？
沙沙敲门欲进屋，聒聒幽梦总难成。
银光相映玉世界，用心细听到天明。

雪中行

慎重雪中行，呼吸吞北风。
玉宇尘难染，银笼鸟不惊。
塞外着寒衣，须眉挂霜冰。
深浅前后脚，恍惚昆仑行。

元旦感事

岁岁迎新过元旦，年年重复若许年。
身心泰然不忧国，日上三竿我睡眠。
冬季赏雪品美酒，秋高抚琴对青山。
春归踏歌吟绿柳，夏坐溪岸垂钓竿。

宝塔迎春

矗立千年默无声，宝塔映证红军情。
雄鸡一唱知天晓，龙池震荡与君听。
只恐今年春睡去，故挂高灯照天红。
岁岁迎春今又是，新桃已将旧符更！

故乡行

别过故乡又两年，回归岂不住一天。
离去仰头增叹息，始悟身后魂梦牵。
父母坟前泪迷目，自知病体老来难。
近期夜梦多重复，头上白发需再添。

再读本草

重读本草论不刊，当需增修供钻研。
自从临床参神悟，莫作悬壶一辈看。

无题（一）

群芳斗艳香街直，嫩柳争柔娇无力。
烛摇晨曦弄清影，寂寞朦胧空相觑。
轻风任性吹不展，铁树宁静锁消息。
浮生只合杯中物，金龟散尽沽酒市。

无题（二）

地球轴心偏，黑洞作用先。
星转非人力，道法顺自然。
原神当自固，心定朝西南。
再看阳春事，宇宙有射线。
我在清风里，混世又一年。

无 题（三）

寒风卷夜长，白天如蚁忙。
不知有冷暖，敞开我胸膛。
自知天不寿，须吁何感伤？
长啸化风去，玉宇更茫茫。

无题（四）

危巢双栖一体身，曾经相亲转不亲。
闲看贞松千秋古，谁论野花一时新？
别过即成沧海事，语罢散尽暮天云。
春来同谢香山日，冬至冰封幽燕尘。

无题（五）

也向人间避尘埃，行到北京忘去来。
自古才多生重累，且依林泉看花开。

寒夜秋翁

寒夜月缺天衡斗，秋翁忐忑地薄收。
夜半搔首难入睡，今年丰收添新愁。
露沾衰草枯无力，霜染残枝见骨头。
把酒浇向凄凉处，勾引西风上危楼。

望乡

望乡非俗气，本性在田园。
误入红埃里，回首五十年。
鱼龙入大海，虎豹恋深山。
倦鸟念旧林，隐者住乡间。
耕牛犁故土，心胸拓荒甸。

自问何能尔，结庐守田园。
征地六七亩，垒房三四间。
榆杨栽后院，桃李种堂前。
缓缓远人家，依依升炊烟。
犬吠三更里，鸡鸣五更天。
久处樊笼中，复活返自然。

秋雨生涯

秋雨连绵亦自悲，心丝搅乱竟为谁？
贱物贵身宽冠带，养素全真慈无威。
布衣半生凉似铁，墨云一天冷如灰。
整夜难眠常开眼，终生蹉跎未展眉。

北国之秋

北国寒天夜气清，西风萧瑟雁南征。
时光如水年华变，白发如霜鬓角生。
古道雕残悲瘦马，高材叶落叹无情。
千家闭门悬客梦，万里江山动秋声。

豁然正觉

超然物外了无生，顿悟本来微妙定。
深入般若真快乐，修得正果显圆通。
七色舍利难穷数，三梦虚幻化成盟。
日月同辉照天地，大千世界放光明。

病里修悟

三魂渺渺入太清，七魄茫茫通冥灵。
踏天挥刀割瑶草，驾鹤排云摘繁星。
捉日揽月长啸去，散则成气聚化形。
且做宇宙闲吟客，黑白洞中修死生。

偈颂

爆竹无他意，妙在岁月空。
身体有何用，是非皆能容。
世上本无我，苦乐随缘行。
辞旧迎又新，行善化春萌。
燕山有寒士，常依不老松！

陋室梦

栖鸦啼尽晓月残，麻雀叽喳寒窗前。
迎来度雪庭院落，冷气冰封团扇闲。
陋室温枕常入梦，不见归鸿春讯传。
何时梁上小燕子，呢喃垒巢屋数间？

心绪思归

立春才八日，知命五十年。
又到元宵节，鬓发白在前。
举头望寒月，低首想故园。
素雪压千里，思归三寸间。
夜来狂飙起，送我上青天！

点绛唇·元宵灯节

娟娟月明，高挂苍穹北斗横。
幽燕寒夜，天地提灯笼！
元宵灯节，宇宙闪霓虹！
放眼量，繁星是灯，遍地灯是星！

〔双调〕庆东原·离乡

故乡二千里，火车一夜程，长叹游子命寒窗。
街上车声，窗外风声，饥肠鸣声。
一夜梦难成，三处愁相并！

山僧

枕边雾气埋千峰，床下松声动耳鸣。
欲观云海拍天浪，参禅过后眼微睁。
动无意念知生死，境随心转晓枯荣。
来去自如寻常事，黑白洞里本原空！

夜雨惊梦

雨伴天哭夜蒙蒙，霪霾暗暗气未清。
垂柳不甘折腰枝，滴下泪珠尚有声。
桃枝无恨花千点，云缝有天月半明。
鲸吞伸出偷天手，窥户入室初夏风。

六一　初度

已知天命鬓如霜，幼儿园里我年长。
一块糖果好朋友，三龄小童唠家常。
隔代之交说乱世，艰难苦恨话自强。
汝成人时翁掉牙，那时再忆此景象！

伏雨夜

伏暑夜半未安眠，疑雨倾盆助炊烟。
一时酣睡如小死，三更成梦欲飞迁。
离乡屈指九千里，身世浮沉五十年。
最是此刻雷电好，听来空灵入深禅！

夜读

含露嚼书夜气清，读到停电借月明。
青松从不言衰谢，金风萧瑟尚有声。
时钟只解催人老，白驹过隙太无情。
学海行舟无彼岸，案前读落满天星。

悬壶

珠峰高，拉萨远。
黄河曲，长江宽。
不尽好江山，余生留恋。
济世悬壶十万里，铁鞋踏破九千山。
治疑难，扶贫除病痛，了此愿！

岁尾雪寄

转动时间写丹青，郁郁埋骨意不平。
拔剑指天歌慷慨，朔风夜半卷玉龙。
灵台炯炯泛百感，思绪万千心怦怦。
何殊阴霾消不尽，满天鳞甲影亭亭！

采药

采灵药兮于山间，石磊磊兮藤蔓蔓。
路艰险兮孤独立，云容容兮脚下翻。
昏暗暗兮羌昼晦，雷填填兮雨咽烟。
风飒飒兮木萧萧，雪霏霏兮不知返！

心绞痛

无常偏是入夜来，心脏绞痛鬼门开。
硝酸甘油服下后，总算没去望乡台。
魂魄渺渺散八极，朔风凛凛冻九陔。
自觉神光伴云影，宇宙如画费疑猜。

思乡怨

岁岁春节留燕山，朝朝望乡思归还。
一缕孤魂绕黑水，万丈心丝系青天。
遥遥东北同同处，车车长途重重关。
囊中羞涩今年最，难付一寸买路钱！

梦母

凌晨五点梦才停，床头一哭竟冥冥。
伤知祖坟葬慈处，初春芳草尚未青。
悲从中来眠不得，窗外天光入朦胧。
披衣抚摸慈母线，正是当年密密缝！

半夜吟

白驹过隙马如飞，挥鞭驰骋梦里归。
五十六年无痕过，蝼蚁何须问事非。
驮经万里来东土，灵光一点回西陲。
半夜离魂羽化烟，静驱吟魄入玄微。

偶成

古貌艰难鬓苍苍，凡心最爱茅台香。
仰天叹息诸念尽，吾生须臾羡长江。
时而寄情琴台坐，娱乐自赏是孤芳。
挥舞龙泉三尺剑，仍带当年九月霜！

识丁

读落繁星夜向晨，老大伤悲寸光阴。
束发悬梁锥刺股，目不识丁枉为人。
誓约书山心所愿，行舟学海觅奇珍。
月下明珠一滴泪，夕阳恕我过五旬！

陋室初夏

历史无车辙，碾空岁月过。
陋室知音少，贫恐受恩多。
燕山非炎天，易水淘荆轲。
归去归来何，破裘仍在身？

夏夜思（一）

寄意浮云往不还，置身林泉聊自宽。
慊慊思归恋故土，耿耿伏枕入梦难。
披衣彷徨出户外，仰看夜空怀忧叹。
因何淹留异乡客，星斗偷听未敢言。

夏夜思（二）

碧空无云澄夜色，日月疲倦此时歇。
一条银河横白练，九级狂风不生波。
依稀似有清浅迹，可嫌繁星点缀多？
拟泛灵舟天上行，长吁欲颠问宇梭。

天上行

我欲乘风天上行，佛仙乐队飞来迎。
妙音悠扬耳如壁，调律清浊心已聋。
浮沉年久残此身，吞尽红尘更从容。
云涛烟浪最深处，凤凰涅槃烈火生！

病中吟

子时阴阳界，魂魄驾鹤游。
号角真慷慨，古琴和且柔。
星涛蹈奇舞，银河练白鸥。
熏风蒸红日，朔气晦吴钩。
我逌谁不死，知命有何忧！

瑶琴隐

人世路不平，择地过余生。
风止花晚落，云动天倒行。
十指弄瑶琴，双耳细品评。
都在虚空里，何苦故作情？

端午节祭

竹叶裹粮竟如何，汨罗危岸曾投过。
也在此处闲钓鱼，渐知老来世态薄。
千载敢言悼屈子，十年面壁免风波。
端午祭祀唯可法，白米塞江鱼虾多！

临江仙·岁末

塑风狂卷冬夜长，江河顿汇冰霜，寒庐轻挑红烛光，半首瑶池曲，一炷广寒香。曾几白发换青丝，左右持鞭牵缰。为览春色再提笔，别昨日岁月，书明朝辉煌。

醉花阴·换岁

天高邀鹰海曳鳐，赏江山多娇。
饮盏换岁酒，星移斗转，焰化华尽妖娆。
人间岁末红尘潮，静品一洞箫。
闻天籁音，渔樵耕读，真璞翱九霄。

病中寄语

最难还是五月天，各取所需都来缠。
山上无风好养蝉，江上有风好行船。
旱苗茁壮需好雨，海滩烈日好晒盐。
老牛自知夕阳短，满身羸病奋蹄难。

夜坐

独坐夜沉沉，烦暑汗淋淋。
环顾无人迹，仰观银河深。
静静非人世，空空是佛心。
万象皆入梦，一身病精神。

羸病自医

寄生天地叹嘘臾，遁入西郊学隐居，
身比柴肥多铁骨，闲似张果倒骑驴。
苟延残喘悬一线，羸病服药日三剂。
西医手术宁不取，踉跄背篮深山去。

雨夜

仰天问云雨无根，破屋漏水去寻盆。
接来天水烧茶煮，踉跄拉紧草偏门。
日沉猿啸宿高树，月黑鬼哭动旅魂。
白山黑水归不得，酸衣淋汗结碱痕。

元旦迎新

一元初复始，万象又更新。
梅园铁骨铮，北国朔风紧。
陋室独淡泊，四壁皆古今。
敲冰自煮茶，贫喜鬓吟怜。
残息忽举杯，长啸又迎春。

元旦壮士行

一元又复始，太极分二仪。
清浊定以形，三光照八极。
天道何慷慨，人生闪电期。
蝌蚪游潢潦，不知江海事。
燕雀居檐下，安识鲲鹏举。
世者此诚明，大德固无比。

五岳登临处，一览众山脊。
俯观仕途人，宽肠吞名利。
高念冀中华，怀远计九州。
抚琴动风雷，纵横论天机。
挥剑斩珠穆，举斧开新宇。
霄汉浮祥云，东来射紫气。
易水途嗷嗷，坦荡行壮士。

初冬夜

口颂心经闭目听，何人觉悟浅深情？
梦游极乐寻净土，睡如小死近三更。
北京冬眠卧病骨，云霄渐见闪繁星。
莫畏朔风初相侵，仰望银河正结冰！

心事

心事余生寄岐黄，草根地下潜行藏。
眈睛神农擎本草，取于自然疗病殇。
太平世界苍天老，混沌寰宇地洪荒。
物质暗明皆有序，寻觅真知辨阴阳。

赠友人（一）

乌云遮白日，忽然归远山。
病魂出行游，风举高中天。
志士商士业，小人亦未闲。
忽念陋室人，贫贱足堪怜。
野菜弗充饥，衣裳犹不全。

慷慨我心悲，檄文自成篇。
璞玉罪过了，何氏削足断。
弹掉乌纱土，知己谁不然。
松寒无晚岁，山暖多丰年。
确信于美玉，雕琢德愈宣。
慈悲义在敦，随缘附此言。

赠友人（二）

沥沥处暑雨，袅袅去步迟。
爽风凉远山，河岸摇翠绿。
烟林暮转青，冷落生相思。
婷婷篱下菊，渐渐可相依。

元宵寄情

烟花声阵阵，玉兔做高邻。
爆竹晴听响，银河夜观深。
风黑吹透骨，灯红不温心。
冷暖真人世，虚空假佛心。
面面涂铜锈，冠冠饰绿巾。
徘徊何处宿，踯躅古松荫。
秀杆全做拐，聊慰老翁心。

雨离骚

举头望兮黑云雾，生不幸兮天在哭。
低首思兮心糊涂，身不幸兮地荒芜。
仙不幸兮山遭伐，龙不幸兮水被污。
家不幸兮似坟墓，人不幸兮如枯骨。
城不幸兮妖孽毒，国不幸兮多贪腐。
鬼不幸兮荒野伏，魂不幸兮更孤独。
怒不幸兮触天柱，头不幸兮裂也无。

中秋月夜

金风荡漾宇宙清，银汉星稀月光明。
晨睡初卧升红日，夜开天门飞爽灵。
空中冉冉闻仙乐，犹是依依不虚声。
莫笑乾坤我颠倒，心似白云任西东。

宇宙与人

膨胀坍塌谁说清，物质聚散自分明。
爆出地球小颗粒，演变附着有众生。
天区长消瞬间逝，运动都在混沌中。
人把芥子分五洲，宇宙须弥含七情。

寻友

乘宇舟梭寻诗仙，时光隧道尚依然。
平直空间疑无路，弯曲空间别有天。
杯中斟满暗物质，洒向银河喷酒泉。
香气诱来太白星，狂歌同醉不知年。

冬夜听风

飞廉因何彻夜吟，燕山似有风鸣琴。
松柏抖雪舞峰顶，腐草拖冰卧壑阴。
雷劈冻土疑虎怒，电裂云涛龙翻身。
万里寒光逼银汉，一声梵呗到耳根。

寒夜思

愠怒人醒我亦慵，观世却得少从容。
曾赏沁园春中雪，装点江山玉洒成。
撞鸣晨钟天半语，震落铜锈粘苍蝇。
自要贪闲非避尘，盛气绿茵何日萌。

寒夜神驰

飞雪招我瀹心灵，山舞龙蛇卧玉屏。
峻貌有物神应告，缥缈意腾心可能。
浊世不观思更适，人间滋味食可曾？
冲天白发九千丈，荡漾银河泛槎星。

天涯衲子

浮沉世界走天涯，天地辗转摇翠华。
明月清风怀中抱，林泉野茶处处家。
晨起东海腾红日，晚归西天落紫霞。
芸芸众生皆朋友，声声诵经是老衲。

新任弼马温

一元复始祥麟瑞，万象更新迎春归。
我骑天马去放牧，银河两岸水草肥。
饮星餐月兴云速，汗血空劳夸父追。
赤兔幢摇天地转，龙驹背上笛声飞。

收藏刘瑞明书法《观潮》

自从盘古开天地，史官仓颉造汉字。
记录语言定符号，真草隶篆规四体。
书法艺术浩烟海，墨涛推崇王羲之。
如今谁是观潮人，大笔一挥两个字！

归去归来

2014年8月24日

秋风一度金甲时，白云相送八千里。
万马奔腾地球窄，大鹏展翅蓝天低。
八国楚园曾裂土，残碑尚存蒙古字。
扬鞭归去踏莲华，东方黎明唱雄鸡。

心潮

2014年8月28日

排山倒海狂涛至，此乃英雄不平气。
雷霆万钧震山岳，浪底蛟龙皆惊避。
丈夫至此更豪情，何惧壶口寒潮急。
壮士灵爽岂易降，雄鹰展翅恨天低！

逢友人

2014年9月4日

一兵何不君子儒，三教并列方不孤。
庶民相攻五步血，王者一怒万骨枯。
佯狂挥刀非战策，杀敌亮剑是武夫。
亲密战友当年是，相逢挂甲笑也哭。

山河篇

神·州·吟

日暮游香山

春夏已矣奈何秋，白日将尽结伴游。
幽谷晚钟传来处，清风拂面无所求。

香山月夜

依香山松影斜柳，雾湿布衣，闲亭空楼。
怪石生云，古树残碑，西天霞收。
观青史低头袖手，问红尘缄口回头。
醉月悠悠，漱石休休。
水可陶情，风能融愁。

香山晨望

吸气试鼻山未香，举目晨曦话凄凉。
不去西峰赏落日，却在东岳观朝阳。
树材遭伐因形直，竹林豪饮做伴狂。
千古英雄一滴泪，百年迎风洒两行。

香山一夜

已是晨星挂树梢，才收心猿马归槽。
阴霾弥漫京城闭，天色微明残月高。
麻雀多情时近客，乌鸦贪睡懒离巢。
玲珑宝塔谁相伴，风铃声声尽夜敲！

登香山（一）

鸿蒙开辟香山间，眼底尽收入盘旋。
峰浮绿海松柏远，天晴苍穹碧玉宽。
眼镜如湖滋浅泪，卧佛无奈侧身眠。
登临若论香山美，熏风蒸洒涨微澜。

登香山（二）

登高远眺酒乍醒，金光醉得枫叶红。
松风泠泠吹梦觉，万木萧萧也落英。
叠嶂奔腾涌波浪，翻然挥手招鹿鸣。
九州秋色尽可揽，何时捉月跨长鲸。

登香山（三）

香山蜿蜒如法脊，尘埃渐脱步云梯。
松竹经风涌翡翠，霞光洒来气霓霓。
雄鹰孤飞天外影，衰翁攀爬喘吁吁。
借问残躯归何处，白云深处杜鹃啼。

塞上曲

我骑瘦马走天涯，倦鸟啼呼数村家。
最是塞外羊肠路，重阳处处金莲花。

天池

奇峰嶙峋指碧空，五岳此时谁为雄。
白龙半卷山前雨，神兽长嘶啸北风。
地敞胸襟地无界，天开雾幛天有情。
池水如镜映万象，容尔深思造化功。

昆明滇池

西翥灵仪气象通，繁星原只隔帘栊。
床前暗坠五更月，水面斜吹六级风。
夜不能寐思无尽，狂涛汹涌浪排空。
南翔缟素多精卫，未抵禹王万世功。

飞瀑

银线冰凌悬霄汉，仙女罢织天梭闲。
搬到天河倾玉液，运来烈日晒未干。
彩虹激涧白龙飞，陡壁高挂雪练寒。
霜降涂抹动秋色，冷露浸人怯衣单。

植物园

秋雨云初祈，入园看竹枝。
几多菊花好，贪看步迟迟。

渡黄河

信步告别长安城，万里黄涛飞来迎。
壶口日翻龙窟动，狂飙夜卷秦岭峰。
半生浮沉蹉跎事，一苇慈航快旅情。
西风莽荡欲何往，扁舟远去无影踪。

东渡黄河

不用张帆系短篷，羊筏又送黄河东。
衣湿御寒杏花酒，回望浊浪吹西风。

夜过秦岭

岭上悬银河，洗发手可触。
至此车难行，十米九回顾。
嶙峋忽在下，衣裳湿云雾。
振装继往从，正是人生路。

小重山·西山秋

依楼目送夕阳红，西山秋色深，深千重。
金蛇翻舞曲折中，起伏处，处处有丹青。
索道牵云红，也曾坐升空，览松枫。
今夜北斗镶青峰，卧佛寺，夜半撞钟声。

游山

始到名山眼亦新，只登险峰拜山神。
天风吹来送雨雪，清洗游客扫俗尘。

登前门楼

前门楼上倚栏杆，又把京城仔细看。
万间故宫东西场，千座广厦南北官。
戴金镶钻藏忧患，紫冠霞帔隐祸端。
如今我是真行者，耳根清净眼界宽。

坝上行

银岭逶迤控北极，雪原磅礴谁到此。
放眼乾坤玉世界，仰观太虚碧寒宇。
曾闻松柏能白头，疑惑塞外传野语。
断墙留宿射雕人，残碑尚存蒙古字。

元中都

残墙殿颓鬼气森，国灭朝败尚留痕。
塞北风雪刚驻足，京城仕子已寒心。
兴汉虽有张良策，旺朱全赖刘伯温。
赵家划疆挥玉斧，雷峰夕照岳王坟。

〔仙吕〕太常引·登居庸关

信步登临居庸关，敌楼看燕山。
古今几衰荣，往事已越数万年。
人变石头，曾惊世界，堆积周口店。
蔡文姬归汉，胡笳商声为谁弹！

夜宿蒙古包

朔风吹雪半掩门，烛光闪烁一穗昏。
牛粪做炭温烈酒，放歌高奏马头琴。

鹧鸪天·边塞

雪映幽燕玉岭寒，屠龙首选山海关。
寻找范郎悲白骨，星繁繁，月弯弯。
银河源头在人间。酒后狂诗诸多句，
寄向边塞双眼看。

游春

抚杖慢慢柳径新，偶尔两两踏青人。
池塘初更忽然冷，蛙鸣几声似问春。

入园

入园忽然草头青，嫩柳垂金遮小亭。
万物渐觉春光好，几朵白云自在行。

云峰山

别过云峰近两年，重来风景仍依然。
石壶不鸣谁之过，古佛道场挂半山。
黑龙布云遮夕阳，白龙吐雾向东南。
传说王质遇仙处，至今山顶留棋盘。

谒金门

天已明，又是通宵查病情。
野战医院窗外雨，淋灭万家灯。
几次哈欠欲睡，一声抢救喊醒。
轻揉断骨伤病后，去送瘟神终。

少年游

独立高处风习习，举目望天际。
山海关外，松辽平原，
蒸腾燃暑气，绿浪滚滚烟波里。
庄稼好长势，学做农夫，
耕田除草，不如少年时。

故宫游

故宫内外红墙旧，帝王皆已休。
往事如烟，随身筝絮，同上前门楼。
离别又入青青草，金水滞行舟，
绿叶新荫，乱蝉嘶鸣，都聚两眉头。

三峡秋雾

大江东去不知还，乍出三峡暮生烟。
袅袅巫山失千丈，霏霏西陵万壑连。
孤鹜独飞不知处，大坝卧波难辨船。
茫茫寒涛谁暗渡，隐隐楼台尚可堪。

三峡夜箫

竹箫惊霜秋凌凌，寒江冷月思冥冥。
杨柳莫怨移塞北，梅花可喜落洞庭。
孤魂野鬼随调动，谁家窈窕凭栏听。
明朝再寻吹箫人，巫山神女一点青。

忆三峡

巫山云哭雨，大坝金铸成。
沾涂一度电，体恤慰群情。
恩赉何龌龌，龊龊旱灾横。
人力能胜天，神女胆战惊！
无奈忆三峡，却向一梦中。

渔村晨望

云开雾散沐晨风，日出霞飞沙洲静。
渔船随潮浮沉去，犹似漂萍泛半生。
羁旅动情怀苦涩，惊涛拍岸非秋声。
金尊无酒空叹息，依然风波浪里行。

塞外行

鹅毛弥琼宇，铁马嘶寒风。
白毡难染尘，皑崖鹰不惊。
迷彩宛铁甲，须眉挂霜冰。
挺进玉世界，吱吱脚上声。

司马台

司马台前望远涯，炊烟袅袅山野家。
高树参天终落叶，北风悲鸣送胡笳。
感时惜别何可奈，作首悲歌歌落花。
国门已无头可悬，莫让神威慑年华。

清东陵

帝树枯枝向北风，遗骨留恨陵寝空。
阳盛挥戈平三藩，阴衰无力垂两宫。
焚园割土谁请剑，钦命将军孙殿英。
马岚峪上今回首，诸陵消失白雪中。

塞外曲

昭君迷路塞外雪，文姬胡笳奏晓月。
松花江水来处远，严冬冷酷无世波。
漫天彤云暗西楼，愚人不觉冰澌结。
减免时光流去债，捐出忧伤再无别！

玉龙雪山寻梅

朔风送我到玉山，原始林海谁种栽？
山溪净水尘尘世，半路清香入幽怀。
寒冰灌顶压枯草，雪厚偏爱暖藓苔。
日落呼驴驮酒去，明朝寻梅载诗来！

旅途

旅途漫漫望家山，余生渺渺鬓斑斑。
南北往来飘飞絮。东西奔波行路难。
晨起整装出寒阁，夜眠无定随征雁。
身世沉浮归何处，白云悠悠月弯弯！

村居

中年来去费寻思，为何不肯入城市？
三亩薄田勤耕种，一头黄牛是邻居。
严冬寒舍赏腊梅，雪埋草堂家门闭。
春秋常伴花垂柳，夏雨闲钓披蓑笠。

五台山

五台山自五行中，清凉世界欺北风。
月出东方白雪里，照见古寺添新僧。
我今齿发虽近老，寒灯黄卷能诵经。
大彻大悟瞬间得，荒山寂寞伴佛灯。

漠河哨所

寒兵岗位远离春，林海雪原近为邻。
冰天冻地禽兽绝，边境有哨站铁军。
祖国最早日出地，五星红旗艳色新。
漫漫乾坤玉世界，烁烁极光北边村。

姑苏行

剑池侧畔数年磨，苍崖阶梯连高阁。
登临寒气应面来，虎丘高悬吴钩月。
地穴藏有三千剑，削弱岩石一塔斜。
姑苏台上今回首，广厦林立新城郭。

林海雪原

阵阵林涛吼狂歌，凛凛朔风卷长夜。
兴安岭上飞玉浪，松辽平原银世界。
绕树最怜枯叶少，脱兔更恨饿狼多。
虎啸远山慑廉政，鲸吞黄白又如何。

高原行

黄土相伴入铜川，药王面前供观瞻。
双池洗药妙通神，一株老树气凌寒。
繁荣城市穷故里，凄凉入目仍不堪。
今日脑满肠肥客，何曾寄意宝塔山。

颐和园夜

昆明湖上泛画舟，佛香阁下曾逗留。
千米长廊图新色，一轮明月照古楼。
半瓶美酒还斟酌，三分醉意赋闲愁。
依树做个绿荫梦，醒来捧出红日头。

扬州醉酒

帘卷东风晚云收，杨柳轻寒隐画楼。
樽酒何人作小狂，醉翁暗自伤白头。
壶浆香温酌今古，隋陵广陵话风流。
半酣唐槐南柯梦，醒来乞食不知愁。

西山夜望

西山夜深望帝都，压城黑幛遮人目。
仰望太虚作长叹，欲趋云雾风可呼。
卧佛寺内钟未动，天安门上灯欲无。
颐和园处送侧目，蛙鼓响满昆明湖。

西山庭院

西山萧条庭院寒，却怜尘雾迷望眼。
松柏似乎当窗覆，皇苑偏宜走近观。
闯进朱门犹问酒，客逢高朋信口谈。
千亩梅林幽居处，不在竹下却也贤。

夜登西山

玉兔东升夜沉沉，萧瑟西山树森森。
鬼涧愁边抬头望，香炉峰上月满轮。
风动森林晃树影，送来入耳松声吟。
徒自吝啬登临力，送来秋声好相闻。

卧佛寺

苍苍卧佛寺，悠悠钟声晚。
非是依春风，香山独归远。

武侯祠有感

三人结拜三顾来，三分天下三分才。
三气周瑜三用计，两朝开济两主败。
七擒七纵攻心策，六出祁山万骨白。
前后出师说大表，祠侧刘陵堪可哀！

登灵山

灵山逢三月，新英初四围。
繁花争艳野，青帝惜芳菲。
漠漠阴霾淡，习习和风微。
暗催万象新，恐惊落红飞。
烟光云共浮，襟怀抱春晖！

入蜀

白云相送入蜀来，满眼红尘拨不开。
莫谓蓉城无好事，一尘一阁一楼台。

登秦始皇陵

鲸吞六国逐逝波，荒丘寂寞谁评说？
蓬莱仙岛神舟远，万里长城白骨多。
黄帝有铜铸九鼎，强秦虚忙汉山河。
即知二世禅运短，何必书功摩崖刻。

随李克诚教授游九华山

信步踏上九朵莲，众山披翠上青天。
心似白云得自在，仙池共饮一杯泉。
挥手拨云问天路，甘露淅沥洒幽潭。
展开胸襟装秀色，清风拱袖肃自然。

梦回九华山

残身萍踪向佛家，梦礼云房回九华。
心死不放猿意马，神活收身别无他。
迷茫名利水底月，虚幻人生镜中花。
东土行尸谁会得，西天日落挂彩霞。

燕山深秋

松柏经寒翠意流，红叶浸露景偏幽。
霜降枯草虫声断，日射灵蛰雾气收。
登高神回山寂寂，画船人去水悠悠。
虚度时光一甲子，辜负地球五大洲。

云峰山夜

夜踏云峰笑离城，古佛遗迹访燃灯。
攀上山顶竟不遇，独与空谷结野情。
趺坐面壁离尘俗，挂石飞泉近有声。
此处最是无甲子，何必世间留姓名？

游三门峡

禹王治水凿三门，狂涛奔崩数千春。
巨坝卧波耸砥柱，龙王宫殿已不存。
谁把黄河折九曲，紫气微微大圣人。
我今脱落红尘意，残躯飘然入泉林。

过函谷关

出关化胡函谷中，大道静尘说大功。
一气三清是老子，青牛西去不知终。
妙语五千托白马，灵丹百炼炉中精。
松柏森森留圣迹，紫气微微来自东。

三晋吟

黄涛滚滚浩浩龙，汾水溯溯淼淼中。
九天浊流穷地脉，万顷泥沙淘碧空。
点燃神武大将军，炸开云路震天庭。
洪荒不占春添景，纱灯繁荣腹内空。

壶口游

壶口怒涛龙宫动，黄河自古几日清？
欲随屈子纵身跃，唯恐浊浪污姓名。
徘徊踟蹰千百步，长啸一声断世情。
林泉赐我立锥地，寄心明月伴清风。

玉泉山驻足

灵台几泯寸心清，驻足孤吟在小亭。
日照淡红嫣姹紫，雨润浓绿远山青。
久别故土成羁旅，常伴悲鸿落渚町。
安得浮尘一甲子，须得余年补佛经。

登天安门城楼

伸手欲摘星，长啸独登楼。
此地一垂顾，仍悬子胥头。
云灰海色暗，月黑天门愁。
南沙与西沙，潺湲付水流。

晨猎

2014年9月6日

鹰似闪电犬如飞，中华沃土鸟兔肥。
李广功业难封侯，犹忆夜猎射虎归。
子牙吕望展庙谟，直钩钓国可知谁？
南宋建都西湖上，一笑君王二帝泪！

黄山行

2014年9月14日

灵秀飘逸浮云中，天路自古少人行。
始信莲花三十六，迎客送客十八公。
归去归来看不看，攀上攀下空不空。
光明赤松探西海，不尽石笋不尽峰。

丝绸之路行吟

2014年9月29日

太极两仪明，阴阳始分清。
三光照八极，天道甚著成。
丝绸花雨路，通商遂其生。
张骞出西域，取经有唐僧。
佛陀舍利骨，龟兹八王争。
三皇称至化，五帝世界盈。
济济在今朝，载载驰其名。
人类乃一国，地球皆大同。

策　　划：王　锋　华　赞
责任编辑：宰艳红
责任校对：史　伟
装帧设计：石笑梦

图书在版编目（CIP）数据

神州吟／李家庆　著．－北京：人民出版社，2015.1
ISBN 978－7－01－014277－7

I. ①神…　II. ①李…　III. ①诗集－中国－当代　IV. ① I227

中国版本图书馆 CIP 数据核字（2014）第 294007 号

神　州　吟

SHENZHOU YIN

李家庆　著

人民出版社 出版发行
（100706　北京市东城区隆福寺街 99 号）

北京中科印刷有限公司印刷　新华书店经销

2015 年 1 月第 1 版　2015 年 1 月北京第 1 次印刷
开本：710 毫米 ×1000 毫米 1/16　印张：30
字数：200 千字

ISBN 978－7－01－014277－7　定价：62.80 元

邮购地址 100706　北京市东城区隆福寺街 99 号
人民东方图书销售中心　电话：（010）65250042　65289539